记忆不敢褪色

，

。

！

张庆和 著

长江出版传媒 长江文艺出版社

写在前面的话

退休前,我所供职的报纸编采不分。在报社鼓捣版面是编辑,出去采访就成了记者。收在本书里的文章,大都是以记者身份采写来的。同时,又因为时常还写点散文、诗歌什么的,于是,大家就误以为我是作家、诗人了。所以,就有了相识和不相识的文友嘱我为其即将出版的书籍作序,或为已经出版的文集写评。

对于中国的文字我是十分敬畏的。无论是情愿写的抑或赶着鸭子上架的,我都极其认真且谨慎地对待,直至每一个字和标点符号。所以就有了"你采写的文章我们是当成散文来读的"之谬议。再者,当年一些被采访过的师长,有的虽已作古,但他们音容犹在,把这些文章收入其内,也是对他们的怀念。

本书分辑内目录以英文字母顺序自然排列,故无先后轻重之。

一本书就是一个方阵,它期待您的检阅和指指点点。

作者

2017.9　北京

目录

第一辑　那些人　那些事

- 003　笔下蕴惊雷　毫端起雄风
- 006　超越躯体的拼搏
- 020　此间不可无我吟
- 023　弹奏心灵共鸣曲
- 027　放飞心中的白兰鸽
- 031　飞雪枝头寻春色　朱墨润毫弥芬芳
- 035　行走着，她的情怀是风景
- 038　航到无涯天作岸　登上绝顶我为峰
- 041　好人总在心里
- 045　花开春风里　芬芳斜阳下
- 048　话说"长江"
- 050　回　答
- 052　可怜天下父母心
- 056　你可知道这颗星
- 059　平凡人平常事　平易人生留香气
- 067　山歌水韵酿诗情

070　诗情歌韵洒草原
074　石匠二哥
076　闫姑，你在哪里？
078　他心中有个妩媚的春天
081　窝棚夫妻
084　我说"小石头"
087　心中有静气　冷眼量风物
094　兴会在京西
099　阎肃兴说《雾里看花》
101　一个乡下妹眼里的北京男人
107　一切缘于对诗歌的爱
111　映日荷花别样红
114　又是一年春草绿
119　这里总闻啼鸟声
121　真心真情真意　热肠热面好人
127　猪肝和玉兰花的诱惑

第二辑 那些文 那些人

- 133 碧波中,那一蓬莲荷
- 137 穿越诗的隐秘通道
- 141 传记文学园里的一朵新葩
- 144 烽火锻铸忠魂 壮举不该淹埋
- 149 腑言片语寄明军
- 153 工笔俏妙耐人寻味
- 156 含幽露怨荣梅诗
- 159 撼动心灵的力量
- 162 回荡在生命幽谷的歌
- 165 朗朗铮气将军诗
- 168 面对《祁连情思》的情思
- 171 拧个柳笛轻轻吹
- 173 拳拳爱心 情思翩翩
- 178 让诗和泥土一起芳香
- 182 诗情诗美与诗性共舞
- 189 诗人若虹 诗语灼人

194	诗心善念真气的追问
198	《世说漫议》魏积良
200	天南地北望君行
204	乡情热土心相知
207	心灵徜徉山水间
211	徐拓　心灵深处有扇窗
214	一个寻梦女孩的美妙吟唱

第一辑

那些人 那些事

笔下蕴惊雷　毫端起雄风

——记著名画家姚少华

险崖峻岭，草木峥嵘，空谷野趣，撩人神思；忽见一只啸傲、腾跃的斑斓猛虎扑面而来。那气势，如飞流直泻的瀑布，似轰鸣闪耀的雷电。当身置画家姚少华先生的画室，面对一幅幅跃跃欲出的虎画时，一种真实的感受，不禁油然而生。

姚少华先生出生于文艺世家。慧眼识才的父亲看出了儿子艺术才华的可塑性，在少华16岁那年，便送他拜老画家王静庐先生为师，专工山水。从此，无数秀山丽水风姿，不尽风花雪月美景，如汩汩清泉频频流落他的笔下。

姚少华1967年于北京钢铁学院毕业后，就全身心地投入了炼钢第一线，但他并没因此而松懈自己的艺术追求。那火的热烈，钢的坚硬，更加迎合了他的性格。他愈是一心要抒发自己报效祖国的情感，愈是感到了山水画的局限。徘徊求索中他得意于虎，虎一下子开启了他的心窗。他渴望祖国能像猛虎一样威风凛凛地屹立于世界，他要把自己的全部心绪倾注于虎。于是，从1970年始，姚少华改弦易辙，便投奔国画大师张大千、张善子的得意传人胡爽庵先生门下为徒，由山水改学画虎，一画就是20年。

一代画师齐白石讲过："画家，寂寞之道也……"立志绘画事业的姚少华先生深谙此理。每天，不论多么忙，多么累，即使病了也要坚持在画室3小时，做每次数十张画纸的练习。为画好捐赠人民大会堂的《虎行图》，他竟3天没出画室。邻居说，他的画室12点前从没熄过灯；他的夫人讲，老姚的心思全落在画上。有几次让他买酱油，不是忘了带钱，就是忘了带瓶子，最后干脆把买好的酱油遗忘在柜台上。

说姚先生不善家务的确是真，可前辈们入画、出画、功夫在画外的训导，他却深信不疑。为了画，他去大自然贪婪地汲取营养，一次次在动物园写生，一遍遍照猫画虎。生活中，他爱好很多，兴趣广泛，吹拉弹唱，样样在行；弄拳舞剑，也很通达。这些绘画之外的功夫，都有机、和谐地统一在他的绘画艺术中。他刚刚完成的60余尺长的《百虎图》，108只大大小小、神态各异的虎，只只雄武强健、栩栩如生，像跳跃于五线谱上的音符，又像一组组造型优美的舞姿。

宏阔之美，阳刚之美，和谐之美，令人赏心悦目。姚先生的虎画艺术风格日益成熟，在国内外博得赞誉。1981年，香港举办"年历画原作展览会"，他参展的几件作品全部被收藏。其中《谷啸飞瀑图》以博大的气势、雄伟的风姿备受青睐，被多家外商选订，连续3次作为挂历封面出版。他的虎画作品曾先后被国内多家报刊发表，被欧、美、东亚等十几个国家的名人雅士收藏；而且还一次次地被国家有关部门作为礼品赠送给异国他邦的国家元首和政府官员。1987年11月，画家应邀东渡扶桑，进行艺术交流和友好访问，受到日本各界人士的热烈欢迎，并虔敬地称他为"虎王"。福井市一古稀老妇，闻"虎王"到来，专程赶往寓所，竟跪地向他求画，并欲世代珍藏。那一刻，姚先生说他很激动，是因为有了祖国的强盛，他才得此殊誉。每想到此，他倍加热爱祖国，所以他才向人民大会堂、向天安门城楼、向亚运会和社会各种福利事业，慷慨地捐赠了大量优秀作品。

画如其人。姚先生为人坦诚、直率，不逐名利。谈兴正浓间，我欲请他作画，姚生先愉快允诺。只见他凝神沉思，那样子，像气功师在发功。接着便是大刀阔斧地运笔，淋漓酣畅地着墨；笔随心转，意在笔先，唰唰作响，声如翻江倒海，状如风起云涌。再经细心勾画后，姚先生眼含微笑，又在画幅上庄重题字"中国建材报惠存"。

1990.4　北京

他残疾的躯体上，偏偏长了一个健全的头脑。这头脑，能呼唤自然万物风霜雨雪于笔下，会咀嚼芸芸众生酸甜苦辣于口中，却偏偏指挥不动属于他自己身体上的几乎任何一个部件。就这样，三十六年了，他的灵魂挣扎着，与厄运搏斗着，在一平方米的空间里，在方寸大小的纸片上，用血汗，用泪水，用意志在实现一种——

超越躯体的拼搏

他叫张海涛，在北京顺义城区一间普通的平房里我见到了他。只为这一见，关于他的印记，就在我心里再也无法抹去。

那是一种怎样的印记啊！

他双腿僵直，不会伸也不能曲；躯体只能靠墙而坐，一坐就是一天，脊椎已坐得畸形；他的双臂也不能自由地动弹，一根老年人挠痒用的小竹耙咬在嘴里，倒成了他得力的"第三只手"。这"手"帮他翻书，帮他写作，帮他生活……他面前放着一张特制的小炕桌，桌上铺展着几张小纸片，写作时他就用牙咬着那小竹耙，再把耙头托着捏笔的右手大拇指和中指，在只有火柴盒大小的范围里，他写啊，写啊。艰难地，一笔一画……

多少个日升月落，多少个暑来寒往，这小竹耙他咬断了一根又一根，那碎竹末，他吞咽了一口又一口。上颚被竹耙戳破感染了，手指被严寒冻裂了，衣服被汗水浸透了，皮肤被蚊虫叮肿了……就这样，他写着，写着。写痛苦的人生，写美好的理想，写顽强的追求……一直把自己的作品写进了北京电视台举办的"首届全国五省市校园歌曲创作大赛"优胜奖的颁奖晚会上，把自己的名字写到了"北京市十大青年先锋"的行列中。1989年春,《北京青年报》曾用整版的篇幅,以"奋争在一平方米的空间"为题,报道了张海涛的事迹,在北京的青少年中,引起了一个不小的震动。

张海涛和所有顽强拼搏的成功者一样,他获得了掌声,获得了鲜花,获得了荣誉。然而,由于他身体的原因,他为这成功所付出的代价,实在太昂贵了。

他的学校

当年,在美丽的海滨城市青岛,有一个小生命出世了。是被那清晰悦耳的涛声惊动,抑或是对一个人坎坷命运的预感,姥姥给这孩子取名叫:海涛。

海涛告诉我,他患病那年才两岁多,似乎已经记事,隐约中记得自己会扶着凳子转。突然有一天,觉得两条腿没劲,人也很累,摔倒就爬不起来。母亲很着急,不知道他得了什么病,抱着他四处求医,问药。

海涛患的是"肌营养不良症",不久就被医生宣判为"不治之症",最多能活到10岁。

多么可怕的疾病啊!多么冷酷的判决啊!然而那时的海涛并不懂得自己病情的严重,只有生命的本能在促使他要尽快感知这个世界,要与这世界进行交流。周围所有的客观存在,对他都充满了好奇与诱惑。所以,海涛从小就爱学习,爱问这问那,而且记性也好。

海涛幼年时,正当"文革"。他的母亲是山东农学院的第一批毕业生,后来分配在青岛农业科学研究所从事植物病理研究工作。她贤惠、善良、热爱事业,忠于职守。然而"文革"一开始却莫名其妙地被诬陷为"空投特务",继而被审查、被批斗。那时海涛还小,又拖着病体,他离不开妈妈,妈妈也放心不下小海涛,就带着他一起去参加批斗会,一起进"政治思想学习班"。海涛是个聪明孩子,五岁时就能熟背毛主席发表的全部诗词和几十条流行语录。海涛说当时他还不知道妈妈头上的高帽子和胸前的牌子有多重,他只知道跟着人家学,这些诗词、语录就是在批斗会和学习班上听大人们念叨而偷偷学来的。

这也是财富。海涛说,它启蒙了我,我之所以走向诗歌与歌词创作的道路,就是因为它的影响。

我曾问海涛,你一生中最痛苦的一件事是什么?

海涛不假思索地回答:"是不能上学,不能像其他孩子一样,背上书包,走进教室,听老师讲课。那时我曾使劲地哭着、喊着埋怨母亲,为什么不让我上学?为什么不让我上学!可我哪里知道,这哪能怪母亲呢?是我身体残疾,没有能力上学,人家学校不要我呀!"

其实,最疼爱儿子的,天下莫过于母亲。海涛虽然不能上学,但母亲理解他,想方设法满足着儿子对知识的渴求。她给海涛讲故事,讲狼外婆,讲大森林里的七个小矮人,讲大千世界的奇奇怪怪,用真善美的传说感染他,用假恶丑的故事警示他。有时,还找来小人书,给海涛边看边讲上边的故事。海涛说,当时他能背下小人书里的说明文,然后又连抄加写地对文识字,一个字一个字地认,一页一页地学。手翻不开书页,就用嘴唇沾,就用舌头舔,不懂的地方就问妈妈。家里的小床头成了海涛的教室。尽管后来妈妈发现海涛的学习和写作简直是活受罪,坚决要他停下来,不要这样苦自己,但最初,妈妈的确是海涛最好的老师。慢慢地,海涛在长大,似乎也懂了点事,感到了妈妈为自己的操劳和辛苦。

一次妈妈抱着海涛出去,他觉察到了妈妈已经很吃力,就说,妈妈,您把我的头从脖子上切下来吧,只带头去,下边没有用,不听话,还这么笨,别带它去了。听了海涛傻气而幼稚的话,妈妈笑了。那是因为儿子用心疼抚慰了母亲而生成的笑,也是一种苦涩的笑。

在与海涛的交谈中,我发现海涛尽管没上过学,但发音却很准确,普通话说得也好。海涛说这完全得益于当时中央人民广播电台的"记录新闻"。

当时没有电视,更没有广播电视大学什么的,可中央人民广播电台每天的"记录新闻"却很准时,帮了大忙。海涛就对着报纸边听边认字,边练习发音,弄不懂的字就记下来,再查字典。这样一直坚持了好几年,直到"记录新闻"停播。海涛说,这种学习效果不错,他所认识的字,有相当一部分是从"记录新闻"那里学到的。

这就是张海涛,靠着一份意志和坚持,自设"学校",自寻"老师",数年如一日,成功地写出了他生命组曲的一个乐章。

他的果树

在张海涛的精神家园里,生长着一棵果树。这果树,葱翠,茂盛,春天开花,夏天结果,秋天收获。而精心侍弄这果树的人,正是他自己。对果树他倍加呵护,充满希望,相信只要为它付出了,回报的就一定是丰硕。然而,有谁能体验到,为了这果树的生长,张海涛所付出的是比正常人要高出十倍甚至百倍的艰辛和努力呀。

海涛崇拜身残志不残的大英雄,崇尚贝多芬"我要扼住命运的咽喉,它决不能使我完全屈服"这句名言。他胸中熊熊地燃烧着倔强的火焰。他在自己的一首歌词里唱道:"切莫为不幸和痛苦伤悲/既然已遭遇就要坚强地面对/切莫为失败灰心气馁/只要肯奋起/终将有成功的机会/……别叹息/别彷徨/生活不相信眼泪/让所有的惆怅都化作烟云/永恒的笑容里把希望放飞。"这歌词,是张海涛精神意志的喷发,是他人生追求的宣言,也是一个身处逆境的残疾人对美好世界的向往和追求。

海涛告诉我，他起初只是喜欢文学，并且阅读了大量古今中外的文学名著。那时他只是作为欣赏而读，用以消磨时日。当时很实际的打算就是想通过学一门技艺，好自食其力。他曾选学过英语，想学成后做点翻译工作。一共学了两年多，水平已达到能补习初二学生的程度。可学英语太难了，难在连按下录音机按键都很吃力，后来不得不放弃了这门课程的学习。

1983年，一个偶然的机会，海涛得知江西省音协举办《心声》歌词刊函授学校的消息。海涛从小就爱唱歌，也喜欢京戏，懂一点音乐知识。他设想能不能从这方面开发一下自己。于是，他报考了。当学校得知他是个残疾青年时，又免费录取了他。

宝剑锋从磨砺出，梅花香自苦寒来。通过学校"老师"的指点，心存灵犀的张海涛很快便掌握了一定的文学和音乐创作理论，并结合实践，使自己的创作水准不断长进。入学不久，《心声》词刊就发表了他创作的第一首歌词《歌唱啊，春天》。

难得的第一次啊，向一个残疾人的理想敞开大门的第一次啊！海涛望着那第一次变成铅字的作品，心里甭提多激动了。于是，他便紧紧抓住这第一次给他带来的信心和勇气，没日没夜地写啊，写啊。写他风霜雨雪的命运，写他苦辣酸甜的人生，写他对真善美的歌唱，写他对假恶丑的唾弃……这之前，海涛已从青岛迁居北京顺义。他本是跟随母亲调北京与父亲团聚的，可父亲才50多岁就撒手人寰了。海涛的父亲曾是顺义第一中学的一位语文教师，他治学严谨，每年的毕业高考班的班主任，差不多都是由他承当。父亲从来顾不了家，不到半夜没睡过觉。海涛说，父亲是累死的，一点都不夸张。海涛长大了，母亲也老了，病也多了。一次母亲住院，一住就是三个多月。倔强的海涛为了少给人添麻烦，三个多月里，他坚持每天只吃一两饭，每天只喝一点水。因为只有这样，他才能做到一周解一次大便，一天解一次小便。他认为自己不能帮人做事，也不能总给人添麻烦呀。海涛总是这样为人着想，尽管医生曾经多次告诫海涛，一定要保证心脏肌肉的营养，否则，心脏一旦搏动无力，就有生命危险。

这期间，张海涛的创作也进入旺盛期，写出了大量诗歌作品。有许多作品尽管没能发表出来，但海涛那热爱生命、拥抱生活、为时代而歌而唱而滚烫跳动的心，毕竟已慷慨地奉献出来了。

眼下，由张海涛精心侍弄的那棵果树，正沐好雨、浴馨风，葱葱郁郁地茂盛着。那上边的果实，随时都可摘下奉送给人们——十几年来，海涛已创作完成诗歌500多首，谱曲300多首，在各级报刊发表200余篇（首），获各种奖项50多次。广西民族出版社还出版了他的第一部歌词集《托起生命的辉煌》。北京音协、北京作协已吸收他为会员。海涛还特别告诉我，成绩只能属于昨天，明天才更有魅力。

祝贺海涛的"果树"再添新枝，并祈愿那颗香甜的硕果再次落入他的怀抱。

他的爱情

一个残疾到如此地步的人，却拥有了一份忠贞不贰的人间真爱。说起来，人们或许不信，但这是斩钉截铁的事实。这故事，感人肺腑，催人泪下。

1994年，张海涛的母亲不幸病故了，对于海涛来说，这无异于塌了半个天。海涛永远不会忘记，身患心脏病、高血压、类风湿等疾病的母亲，即使在病重住院期间，每隔三四天也要偷偷地跑回家来看自己一眼，为此，她曾受到了医生的批评。可当医生得知她家里有这么一个儿子时，又十分同情地原谅了她，还特别准许她经常回家看看。

早在1992年，海涛见母亲病得厉害，实在不忍心再这么劳累她了，便自己做主，和顺义民政部门联系，住进了"社区服务中心"。临走的那个晚上，母亲三点钟就起床，一边为海涛收拾东西，一边左叮咛、右嘱咐，就像送儿子远征一样。临别，母亲的眼里噙满泪水，这是和母亲朝夕相处二十几个春秋的儿子啊，现在就要分开了，要独自去生活了，海涛的冷暖凉热，海涛的忧伤凄苦，怎能不紧紧牵扯母亲的心呢？海涛走后，母亲又苦苦地熬到了1994年初秋，她虚弱的身体再也经不住病魔的纠缠，永远地离开了这个曾经使她爱怨交加的世界，也永远地离开了她难以割舍的海涛。从此，张海涛也就完全定居在了"社区服务中心"。

就在这时，"社区服务中心"招聘了一批服务员，其中有一位来自河北承德县安匠乡的姑娘，她叫陈桂伶。正是这姑娘的到来，给张海涛的生命注入了活力，使海涛的精神世界和生活家园里亮丽起一道魅人的风景。

那时的陈桂伶只有十八岁，中学才毕业不久。是乡间的风，山野的雨把她沐浴成了一个模样俊俏而又纯朴善良的姑娘。在服务中心，她看见了张海涛。她好奇：这人怎么成了这个样子，太不容易了，真不知道他是怎么活过来的。她不解：他为什么那么好强、好学，哪来的那股劲头？后来，桂伶从人们的口中知道了海涛，知道了海涛努力奋斗、顽强拼搏的感人事迹。这不就是身边的保尔、张海迪吗？不，从学习和生活的角度看，他更难。暗暗地，桂伶便滋生出几分要多多关心海涛、帮助海涛做点什么的心思。由此，她渐渐地走近了海涛。

海涛有才华，有学识，也爱帮助人。桂伶在抽时间帮他做事时，也常常借机向海涛请教些问题。海涛思维敏捷，思想犀利，常常一两句话就能解开桂伶心中的郁结。有时桂伶受了委屈，工作中遇到了矛盾，都来找海涛一吐为快。他们成了好朋友，成了无话不说的知己。后来，桂伶又被招聘去了别处，也没忘记海涛，几乎每天都来看他。桂伶说，海涛那里也并没多少事要做，她就是心里牵挂他，有时因为太忙过不来，一天见不着他，夜里就睡不好觉。当时她也不知道这是不是爱情。

而海涛呢，他坦言，他也很喜欢这个女孩。当然，那时也只是定位在喜欢上，觉得他与桂伶很投缘，好像上辈子就认识一样。他钦佩桂伶的为人，她朴实、善良，是遇到的女孩中最好的一个，有什么心里话也愿意向桂伶说说。时间长了，自己也感到已经离不开桂伶。每次，只要桂伶一来到身边，他心里就亮堂，就充实，那种空落感立刻就没了踪影。而每当分别时，又总是那样地依依不舍。

这难道是爱情吗？自己能获得这份爱情吗？海涛毕竟年长几岁，一个甜美而又令他十分恐怖的字眼——"爱情"常常来叩击他思绪的门扉。

一个残疾人，几乎没有一点自理能力，年龄也相差这么多，又无经济基础，即便真的是爱情，也不能去想，也不能接受，那样会拖累了桂伶。我们只是朋友，是世界上最好的朋友，是永远的朋友，不能瞎想。不能，不能啊！海涛心里曾经一千次、一万次地给蹒跚走来的爱情设置路障。

就这样，海涛和桂伶互相默默地守望着，深深地思念着，紧紧地牵挂着。三年多时间里，谁也没有吐露那两个字：爱情。

有一天，海涛对桂伶说，你年轻漂亮，诚实善良，人也长大了，我托人给你介绍个男朋友好吗？

桂伶回答，不用你操心，我早就有男朋友了。

海涛听了一惊，眼泪差点蹿出眼眶。忙问：谁？

远在天边，近在眼前。桂伶故意绕了个小弯子……

就这样，两团爱恋已久的火焰终于喷发而出，两个渴望的心灵终于撞在了一起。那夜，天上的星星和月亮看得清楚，这一对至纯、至真、至圣的躯体紧紧地拥抱着，很久，很久……

很快，时间就溜到了1997年4月。海涛和桂伶开始商量结婚的事了。

桂伶先要回承德老家去开结婚介绍信。临行，海涛问桂伶，你父母能同意吗？桂伶很自信地回答：能，一定要让他们同意。

桂伶走后，按照他们约定的时间，海涛请人推着去了一趟商店，买了点结婚用的东西。

而桂伶呢？

桂伶已好久没有回家了，父母见女儿回来，自是嘘寒问暖。陈桂伶却是为一个神圣的诺言而来，她满腹心事，她要设法说服父母一定同意这门婚事，理解并支持女儿的选择。

一回到家，桂伶就干这忙那，一点一滴地向父母流露海涛的情况，透露她对海涛的好感。桂伶说，她的目的就是想让父母对海涛有个好印象，然后再提结婚的事，那样也许能顺利些。而父母呢？其实早就从桂伶的同学、同事那里知道了一点关于女儿和海涛交往密切的事。他们也只是认为，女儿富有同情心，从小就心地善良，肯帮人助人，至于要结成夫妻，那是不可能的事，女儿决不会那么傻。所以，对那些风言风语并没往心里去。这次见女儿这么夸海涛，免不了也随着夸上几句。

眼看与海涛约定的时间就要到了，桂伶见"工作"做得已经差不多，便把自己要与海涛结婚的事告诉了妈妈。

看来并不是谣传，是女儿动了真格的。好好的女儿要嫁给一个严重残疾的人，那不是往火坑里跳吗？莫非女儿疯了不是！

"不行，不行！坚决不行！决不能同意这门婚事。"父母无法理解女儿的这份真爱，他们把桂伶"软禁"起来，不许她出门，不许她写信，也不许她打电话。

眼看约定的时间已经过去，桂伶还没有回来。桂伶怎么样了，她一定是遇到了麻烦。海涛心里着急，日夜不宁。又过了几日，一天晚上，海涛接到了桂伶父亲打来的电话，说坚决不同意他们结婚，态度没有一点商量余地。这边海涛的两个姐姐也百般地劝说海涛，放弃吧，死了这份心吧！

海涛牵挂桂伶啊，一个多月的时间里，他无数次地打电话给桂伶，可那头死活不许她接。一次，桂伶的父母说，那你就过来一下吧，咱们当面说说。

也许，这真挚的爱情注定了是一场悲剧。放弃吧，不强求了。海涛也下了狠心。但即使放弃，也要再见桂伶一面，否则，他死不瞑目。海涛说服了两个姐姐，陪他一同去了承德。

承德县的安匠乡是山区。五月，满山的杜鹃花正喜盈盈地开放。爱幻想的海涛又在想了：花这么鲜艳，它们为谁而开？莫不是要我送给桂伶的吗？他恳求姐姐替他采了一束，海涛用双臂捧着，准备见面时把它恭敬地献给桂伶。

在那座平常的农家小院里，在那间普通的民房里，海涛与桂伶父母相见了。

海涛说，桂伶的父母都是好人，他们厚道、朴实，十分疼爱自己的女儿。因为他们地处山区，有些风俗习惯还很传统，遇事要请家族中的长辈发话方可行得通。

海涛去了，几十口人围着海涛，一声声责问，硬硬的，像一块块石头，没头没脑地砸向海涛：你不知道自己是什么样子吗？你能给桂伶幸福吗？你拿什么养活桂伶？……桂伶的父母也哀求说，海涛啊，我们求你了，千万别把桂伶带走啊！总之，到场的所有人的目的只有一个，那就是只要能说砸这桩婚事，怎么说都行。

海涛啊，真亏了你平时的学习和积累，不然你凭什么把他们一个个说得闭口无言了呢？他们见说不过海涛，家族中的几个人就商量出一个绝招，并让长辈当众宣布：要桂伶出来，当着海涛和她父母的面表态，是要海涛，还是要她父母，二者只能选其一。如果桂伶要海涛，她父母就死给桂伶看；如果桂伶要父母，你张海涛就立即走人！井水不犯河水，并保证从此不再与桂伶见面。

在那个地方，族中长辈的话像圣旨，违背不得。海涛说，当时长辈的话一出口，屋子里死一样的静。

桂伶啊，说到底，你也只是个柔弱的乡村女子，这压力，这非难，你承受得住吗？听了长辈的宣布，桂伶满眼都是泪花。是啊，一边是生养自己、疼爱自己的父母，一边是自己深深爱慕着、时时牵挂着的海涛。她怎能不痛苦呢？

静，死一样的静。满屋子的目光，都齐刷刷地逼向桂伶。

"我——要——海——涛！"桂伶一板一眼，毫不犹豫地当众表示。

这回答，犹如一声响雷，只惊得桂伶的父母几乎晕倒，只惊得在场的人们像炸了锅。

见这一招没能难住桂伶，紧接着他们又使出第二招：桂伶父母向海涛宣布，要他在规定的时间内必须拿出十八万元。还特别说明，这钱要由桂伶的父母保存，是桂伶今后的生活保证金，但不是彩礼。这钱一分不能少给，他们一分也不会动它。

十八万。天啊！一个吓死人的数字呀！往哪里去弄那么多钱？！

海涛说没钱，自己只有一颗真诚的心！

真诚的心不值钱，没钱就快走人吧！人群中一个五大三粗的汉子把桌子擂得山响，还摆出一副打斗的架势。

事情已经僵到了这个份上，跟随海涛前往的两个姐姐和一个姐夫怕海涛吃亏，就劝海涛，没指望了，走吧。边说边推起海涛往外走。

那边，众人就使劲往屋里拉扯桂伶。

海涛祈求：等等，让我和桂伶说一句话，就一句。

桂伶也拼命挣扎着，哭喊着："海涛……海涛……"那凄切的悲声，撕心裂肺……

一对相思相恋的有情人，就这样活活地被撕扯开了，连一句相互告慰的话都不容他们说。

他的思念

海涛回来就病了,一连输了几天液。他无时不在担心着桂伶的处境。

桂伶依然被"软禁"着。晚上由父母亲守着睡觉,白天连上厕所都有人看着。桂伶也时时惦记着海涛,担心他受不住这打击,精神会崩溃,身体会垮掉。一连几天,她吃不下,睡不好,一下子就瘦了二十多斤。桂伶再三乞求父母,海涛真是个好人啊,请父亲代桂伶去看看他吧。

父亲答应了桂伶的请求,来到了顺义。他见到了海涛,同时也取走了桂伶的行李。临走,他告诉海涛,你和桂伶的事就这样了,不会有什么结果,而且桂伶已经回心转意,她不会再来见你了。你就多保重吧。海涛点点头,眼里布满了痛苦的泪水。

父亲回去了,对桂伶说海涛很好,人家已经记不起你,别再想他了。

然而,只有海涛和桂伶心里清楚,他们真诚深重的爱是谁也拆不散的。他们的心无时不在为对方跳动,他们的泪无时不在为对方涌流。日里,他们默念着对方的名字祷祝;夜里,他们共望一天星月相思。

九月,正是金果飘香的季节。海涛并没被爱情的挫折击倒,此时,他就在"社区服务中心"的一间小房子里,正兑现自己"切莫为不幸和痛苦伤悲,既然已经遭遇就要坚强地面对"的誓言。他没颓废,没自弃,而是更加刻苦努力。他把桂伶给予的那份真爱作为一种动力,要让自己的生命绽放出更加绚丽的光彩。

这一天,海涛吃过午饭,趴在桌上正想睡一会儿。

"海涛!"突然,一个再熟悉不过的声音撞响了他的耳膜。

桂伶！不是在做梦吧？他抬起头，揉揉眼，定睛一看，果然是她，站在窗外呼唤海涛的，正是他日思夜想的桂伶啊！

几个月不见，他们望着各自憔悴的面容，都心疼地哭了。这一夜，他们没有任何睡意，整整抱头痛哭了一个晚上，因为第二天一早，桂伶就得去赶那每天唯一的一次长途车返回承德县，好去兑现自己对父母的承诺："我就去这一次，去看看海涛马上就回来。"

爱情是燃烧在灵魂深处的一种生命之火，任何阻止和扑灭它的企图，都注定是枉然。海涛与桂伶的爱便如是。不久，桂伶就以参加"服装制作学习班"为由，又机智地回到了海涛身边。

这一次，桂伶决定先斩后奏，先回去开结婚证明，然后再告诉父母。可当桂伶回去开介绍信时，好说歹说，整整磨了一天，那人也不给开。原来是父母早有留言：没有他们的同意，谁也不能给桂伶开这封结婚介绍信。

眼看天就要黑了，桂伶便给父母打电话，说你们再不同意开介绍信，女儿现在就走，再也不进家门，你们也甭想再见到我了。桂伶毕竟是父母的心肝肉啊，见女儿已经铁了心肠，父母也只好同意。

他的生活

张海涛和陈桂伶已于 1998 年 5 月 1 日结婚。在同一个屋顶下，早晨，桂伶先帮着海涛起床，洗漱，然后一个看报，一个收拾房间。他们都没有吃早饭的习惯，接着便是二人的合作：一个口述自己的创作，一个帮着记录，整理作品。桂伶原来不会做饭，现在已经学会了许多种让海涛吃起来可口的饭菜。

可以说，他们的二人世界是欢乐和甜美的。桂伶常推着海涛去散步，每当遇到熟人或有人问时，桂伶都坦然地介绍说："这是我丈夫。"对于一些人疑惑的目光,桂伶说,我不愿用语言去满足他们的好奇,只想用无怨无悔、细心照料海涛一生的事实去做解释。当然,他们生活上的确还有不少困难。比如没有房子,只能租住别人的,结婚两年他们已经搬了四次家;还有经济状况也很拮据,只能靠国家按政策给的那点补助省吃俭用过活。而且海涛看病、吃药,每年也要三四千元的支出,这些都是自费,没处报销。

海涛说,顺义区的民政部门和残联已经给了他很多关照,自己已不好再提什么要求。同时他也十分感谢这些年来一些好心人给他的帮助。

桂伶说结婚后她还没有回过家,主要是海涛这里没人照顾,离不开。现在父母已经完全理解了自己,还打电话给海涛,说女儿的幸福就是他们的幸福,并盼望着夫妻二人早日回家看看。

呵,海涛,桂伶,还有桂伶的父母,你们都是世界上最好的人。我衷心地希望,这四双手能够早日握在一起。紧紧地,握成人世间的一种完整和美好。

(本文与周洪安合作)

2000.6 北京

此间不可无我吟

——"五色石文学奖"征文颁奖大会侧记

七月的北京,虽值炎夏,西郊卧佛寺公园的秀山丽水,仍以它舒展的舞姿,潺潺的歌韵,迎来了参加"五色石文学奖"发奖大会的代表们。

7月14日上午10点,发奖大会开始。开会时间原定在9点半,因有两位颁奖嘉宾未到,故推迟了。一位是北京市作家协会副主席雷加,一位是北京市文联党组副书记赵金九。这两位虽然来迟了,却又是最辛苦的。他们13日去房山十渡开会,为能按时参加"五色石"征文发奖大会,早晨6点就从十渡出发,不料路上汽车出了故障,只好又从作协要来一辆车。待赶到会场,已是中午11点。他们歉意地向大家深深一躬,代表们立刻报以热烈的掌声。这掌声,是感激,是宽慰,是回敬……是一种难以言状的心理语言。

是的,文艺界的许多同志,非常关心建材行业的文学创作队伍的成长。袁鹰、玛拉沁夫几天来都身体欠佳,就在出席大会的前一天,医院门诊的医生还叮咛:大热天,要多休息,少活动,可他们还是冒着酷暑赶到了会场。用袁鹰的话说,斑斓的"五色石"这样迷人,怎能不来。

为了能参加这次发奖大会,有的获奖代表也做出了牺牲,一等奖获得者何荣国,本单位难以支付路费,是缪斯的魔力太大了吧,竟唆使他千里迢迢，自费从四川万县赶到了北京。还有不少获奖者，有的来电话，有的来信，要求参加发奖大会，再三表示，决不给编辑部添麻烦。可是由于控制会议规模，名额有限，没能满足这些同志的心愿。这遗憾，这歉意，只好留在大家的记忆中了。

会议期间，无论是会上还是会下，大家最关心、议论最多的是如何让"五色石"副刊百尺竿头再进一步，怎样开展文学创作活动，怎样提高作品质量等问题。5位评委对获奖作品的中肯讲评和对当前文学创作状况的介绍，拓展了代表们的思维空间，为一个问题的探讨，大家常聊到深夜。

会上，葛洛和玛拉沁夫有感而发：建材队伍如此之大，职工生活丰富多彩，他们为"四化"建设默默贡献，应当歌颂。可当前反映建材行业的文学作品太少了，作家们有义务、有责任来还这个债。《人民建材报》举办"五色石文学奖"征文活动，是对文艺界的促进，是对作家们的呼唤。

本次征文的评委张同吾的一番话，也颇令人回味。他说：民族的兴衰，事业的成败，很大程度上取决于人的素质如何，取决于人的文明程度如何。如果不注意从根本上提高人们的文化层次，仅仅靠一年几次的文明礼貌活动是难以胜任的。文学最能纯正精诚地引导人们攀登精神生活的高峰，是这个历史使命的天然承当者。所以，古往今来的政治家、改革家无不关注文学事业。

《人民建材报》是一张行业报，副刊对繁荣建材行业精神文明建设具有义不容辞的责任。如果说企业离不开文学，那么文学也离不开企业。因为在商品经济时代，金钱对文学负有神圣的责任。金钱参与文学，早已成为现实。会上，有位叫刘家金的企业家很有见地地讲了这番话。这位来自湖北当阳建陶公司的总经理，他向建材行业的企业家们倡议：建立"五色石"文学基金会，以推动建材行业文学创作活动的发展。

"春山磔磔鸣春禽，此间不可无我吟。"与会者们纷纷议论：

我们应该创办一本建材文学杂志；我们应该像其他行业那样成立文艺家协会；我们应该……

不错，当今之世，文学伴同改革的浪潮，一峰紧接一峰。天南地北，哪里没有咚咚鼙鼓作响，何处不闻悠悠竖琴鸣奏？与当前整个文学境况相比，应该承认，我们建材文学落后了，我们应该做的事情确实很多，很多。

散会不久，与会代表羽佳写来了热情洋溢的感谢信，感谢人民建材报社，感谢副刊部。并对这次发奖大会取得圆满成功，表示了由衷的赞叹。

7月16日，是发奖大会的最后一天。本次颁奖大会虽然没安排什么游览和参观活动，可卧佛寺公园里那盛名远扬的曹雪芹纪念馆，对代表们不能不说是一种莫大的诱惑。上午大家冒雨来到这里，倚着先师的陋舍合影，傍着摇曳的翠竹留念。彼时彼刻，我曾想，我们的代表们，我们的广大作者们，或许早已这样思索过了：为了1300万建材行业的英雄群体，为了不负时代的使命，写吧！

我们殷切地期望着……

1988.7 北京

弹奏心灵共鸣曲

——访著名歌词作家石顺义

如果说人到中年是收获的季节,著名歌词作家石顺义的生命之树上结出的果实,可谓硕蜜而馨香。

他曾两次荣获全国"虹雨怀"歌词大奖,由他作词的《父老乡亲》《说句心里话》早已广为流传,新近创作的《一二三四歌》《白发亲娘》和《女人是老虎》又百唱不厌,深受歌迷们喜爱。在刚刚结束的由共青团中央、文化部、广播电影电视部、新闻出版署等单位联合举办的中华人民共和国成立以来"中国青年优秀歌曲奖"群众性评选活动中,获奖的30首流行歌曲,石顺义一人独占两首。

我与石顺义相识在13年前空军举办的一次诗歌创作座谈会上。那时,我是才执笔习诗的文学爱好者,而顺义已是小有名气的战士诗人了。

顺义除了爱看书,几乎别无爱好。他人朴实,憨厚,话语不多,好像总在思索点什么。但待人却十分诚恳,对朋友更是无话不说。

顺义出生在河北省沙河县,三岁随父母迁来京西煤矿的一个小山村居住。父亲是一位吃尽辛苦、大字不识的老矿工,在这个缺少文化氛围的方舟里,顺义从小既未受到什么"熏陶",也未领教过什么"真传",好在人生途中常遇一些好人相助。正因为如此，也无形中给他的创作提供了中国最底层人的最真实的情感和品格。

顺义是诗、词兼备的作家，不知不觉中我们聊起了诗与词的关系问题。

石顺义原在陆军部队，1979年调入空政文工团专事歌词创作。开始他曾以为诗与歌词同是分行的文体，差不了多少，可写着写着，就感觉出二者差别之大。如果说诗是通过视觉切入内心世界、心照不宣或曰可意会不易言传、从而引发人们心灵共振的艺术，那么歌词则是首先能够引发作曲家产生乐感，再通过演唱，从而感染听众，即由作词、谱曲、演唱、传播诸多因素综合而成的大众听觉艺术。以为歌词好写，实在是一种误解。认识和实践这一点并不容易，顺义说在这个"点"上自己竟徘徊、探索、苦恼了10年之久。

当然，如果换个角度，把成功看作一种高度，顺义的这10个春秋并没有白费，可以说是他获得起跳成功的一次助跑。顺义同意这看法。

当说起石顺义正在全国流行的那几首歌曲时，顺义说，一首歌流传开来很困难，除了它自身的质量外，还要受到其他外来因素的制约，《父老乡亲》当初就差点遭到厄运。

原来，《父老乡亲》这首歌在上中央电视台演唱前，就已经被人们传唱。

那是1991年上半年，著名歌唱家彭丽媛一次去外地演出，偶尔听到了这首歌。当时她还不知道这歌的词曲作者是谁，只觉得特别适合自己演唱，并相信一定能成功。征得当时这首歌的演唱者吕继宏同意，便接过了这首歌，并准备带回北京，在一次规模不小的专题文艺晚会上演唱。可是，当彭丽媛高兴地把这首歌推荐给当时负责晚会的领导时，他们却不同意。慧眼识珠的彭丽媛坚持一定要唱，个别领导还责备她，说我们这么多名家为你写歌都不唱,为什么非唱它!最后竟说,要唱可以,但作者必须改词,要把"胡子里长满故事,憨笑中埋着乡音……"等类似歌词,改写成人民跟着党走不回头,胜利在前方等符合晚会精神的词,否则就不准演唱。

彭丽媛无奈,便告知了石顺义改词。

《父老乡亲》这首歌,是石顺义在一天夜里,流着眼泪一气写成的。这歌里凝聚了他多年的心血,饱含着他对人民、对父老乡亲的一片挚爱深情,动一字犹如剜他的心,哪里肯舍得改。于是,他便采取了拖的办法,坚持不改。临近晚会了,负责那场晚会的导演一天里竟打来三个电话,问改没改,说如果不改,就不能上晚会演唱了!当时顺义的心里,简直像堆满了石头,沉沉的,只觉饭菜无味。

正在痛苦、难过之际,彭丽媛打来电话,告知石顺义《父老乡亲》要上中央电视台的庆"七一""拥抱太阳"文艺晚会,总导演已经决定。一时间,顺义的泪水涌满了眼眶,激动得一句话都说不出来。顺义说如果导演在跟前,他要深深地向他鞠一躬。

"拥抱太阳"文艺晚会很成功,《父老乡亲》由此便走进了千家万户,扎根在人们心中。这也是顺义创作的近千首歌词中,第一次得以广泛流传的一首。

有人为顺义看手相,说他名字顺,命相却不很顺,但坎坷中又注定有人帮他过关,从而获得成功。顺义不信命相,但从他所流行的几首歌背后所奏出的插曲看,似乎又有点应验。《说句心里话》也是这样,经郁君剑、阎维文演唱流传之后,又有人说,战士不准谈恋爱(正确地说是战士不准在驻地附近谈恋爱),怎么能这样写呢?恰在这时,空军俱乐部礼堂里端坐的两千多名空军士兵共同齐唱这首歌时,一个个竟眼泪汪汪的。这一幕,也深深地打动了在场的领导,并被选入《空军歌曲选》,使这首歌在部队中很快便流传开来。

人们爱唱石顺义的歌，部队战士更喜爱。现在不管去哪里，一听说是石顺义，立刻会有许多战士围上来，或握手，或签字，或问候。一位师政委紧握着石顺义的手说，你是战士的知心朋友，你写的歌太好了，干部战士都爱唱，你起了我们政工人员所起不到的作用，太谢谢你了！

一次，顺义随几位领导下部队，他是部队的文职人员，穿着随便，在那些将官、校官面前，开始人们以为他是司机，没理会他。当一听介绍说他就是歌词作家石顺义时，那热烈的掌声竟持续了很久。这掌声，是尊敬，是爱戴，是感激，是一种难以名状的多维情愫的表达。

从掌声里，顺义看到了自己所从事的工作的价值，更感到了自己的使命和责任。他说，我只给社会贡献了一点点，人们就回报我这么多，自己没有理由不写出更好的作品，去回报大家的厚爱。

在顺义家里，我曾指着他五六十个获奖证书对他说，这可是你探索道路上闪烁光亮的脚印啊！

不！顺义回答，人们对我歌的喜爱，才是最高的奖赏。

为了这最高的奖赏，顺义将倾尽全部的心血。他是一个有追求的人，他有这份执着。

1994.11.6　北京

放飞心中的白兰鸽

——访著名作家陈建功

陈建功,久慕其文,未识其面。在"五色石"300期纪念座谈会上,我见到了他。

中等身材,胖墩墩的。一尊健壮结实的体魄,一副热情随和的模样。当接过他伸出的那双曾经握风钻采煤,执妙笔疾书的大手时,心里曾有的那种因陌生而产生的距离感,随着他亲切有力的一握,一下子便荡然无存了。

我们的话多了起来,似乎有很多想说而没说完。于是,在初夏,一个细雨如丝的下午,我拜访了他。

1949年11月,陈建功出生于广西北海市一个知识分子家庭,1957年随父母迁居北京,1968年8月高中毕业后,到京西木城涧煤矿当了一名采煤工人。在那里,煤矿工人的那种正直、纯朴、勤劳的秉性,那众多干部、师傅们对他的关心、爱护和帮助,至今仍深深地刻印在他的心中。一直干到第六年上,一次,他的腰不幸被矿车撞成骨折,伤愈后再也不能下井了,便在井上打起杂来。什么筛沙子,运木料,挖坑,垒墙,当图书管理员,几乎什么事都干过。他曾为书记写过大会报告,也曾为劳模写过朗诵诗,然后再署着人家的名字,在《北京日报》上发表。

建功实实在在,一点也不粉饰自己。聊起他的早期作品,他说：当初自己除了想练练笔，还有"功利"这个想法在起作用。那时候，就是想利用创作来改变一下自己的处境。如1973年发表的诗歌《欢送》和小说《铁扁担上任》等，就是一种违心的歌唱。那阵实行推荐工农兵上大学，因建功对当时的形势言谈出了点格，领导根本不推荐他，连参加考试的资格都没有。建功是个活蹦乱跳、有理想、有追求的青年人呀，用如今的话说叫作要找到自己的位置，实现人生价值。看着别人高高兴兴上大学去了，一个卓有才华的青年被抛弃一边，在一种失落感的困惑下，却还要为他人唱《欢送》的赞歌，可想他心里是一种什么滋味了。

建功谈吐幽默、风趣，就如同他的作品一样，在幽默风趣的语言里，往往掩藏着一种令人难以言状的悲戚和沉重。由"唱不想唱的歌"，到"唱自己想唱的歌"，谈及建功近20年的创作生涯时，竟被他用这轻轻松松的一句话括全。但细细想来，这轻轻松松的一句话里，包容了他多少酸甜苦辣的人生况味。

建功说他真正的创作生涯是从1979年开始的。

1977年，国家恢复高考，这是新时期带给厄运中青年的第一次狂喜，建功则是最先享受这狂喜的一个幸运儿。命运转机的喜悦和自得，思想解放大潮的冲撞，促使入北京大学中文系学习的他，常常徘徊于未名湖畔默默地想。想那些别人常以为不足挂齿的事，想那些最原始、最粗鄙、最不值一顾的事物里蓬勃着的生命律动……于是人生，于是命运……他终于想明白了：那是一个每个人都可以无拘无束地歌唱的年代呵！在这魅人的时代里，一定要唱出个"颠三倒四的效果来"。于是，一篇篇风骨劲健的文章涌出了他的笔端，《丹凤眼》《飘逝的花头巾》《迷乱的星空》《卷毛》，还有一篇篇拨动人们心弦的别的什么什么……

那是被禁锢的精灵冲出瓶口的呐喊，那是白兰鸽在欢腾的白云里、灿烂的蓝天间自由自在的歌唱。从那时开始，建功以小说为主，写散文，写随笔杂谈，也写报告文学、电视剧，一发而不可收。文章满天下，大名传海外。国内多家出版社为他出版了小说、随笔等合集，有的作品被搬上银幕、屏幕，十几篇作品被译成英、法、日、捷、塞尔维亚等文字在海外出版。除此，台湾林白出版社出版了他的中短篇小说集《丹凤眼》，日本早稻田大学出版社出版了《陈建功小说选》，美国蓝登出版社出版了小说《找乐》。

在北京文坛上，说起陈建功，都认为他是一个非常好的人，仗义、正直、坦率，活得很洒脱；文章不苟同，不流俗，为人为文都很可敬。

文坛上，有的人刚刚写了点东西，就爱"穷摆谱儿"，架子端得了不得，建功却不然。他说，"我辈本是蓬蒿人"，即以做普通人自乐，随遇而安。有的人"文人相轻"，建功更不然。他敬佩那些对社会、对人生有独到见解的人，不管他们与自己的文学观是否相同，只要对人类的情感宝库有所贡献，他都赞成。所以，他才总能客观、公正地对待每一位作家和他们的作品。他说：无论沉浸在对文明进程的讴歌里，还是沉湎于对消失的传统的挽歌中，不同的作家会以不同的情感方式把握这个世界，从而为读者重新铸造出一个个具有不同色彩的文学天地。作家们千奇百怪、千姿百态的情感呈示，足以称为人类情感的百科全书。不管某些感受是否能引起我的共鸣，它们都是人类情感汇集而成的长河中一朵闪耀的浪花。这就是文学对人类文明的进程所作的、其他学科所无法替代的贡献。

当话题转到正在拍摄的由陈建功和赵大年编剧的30集大型室内电视连续剧《皇城根儿》时，一位电视圈内的人士说，此剧将于5月15日停机，它是北京电视艺术中心精心策划的继《渴望》（悲剧）、《编辑部的故事》（喜剧）之后的一部情节剧。该剧由著名导演赵宝刚执导，演员可谓明星新秀荟萃。葛存壮、郑振瑶、宋佳、许晴、肖雄、王志文、尤勇等都在剧中出任了重要角色。有人预言，《皇城根儿》可望再上新台阶，但到底如何，建功说拍摄的具体情况他并不了解,还是等八九月份电视台播放时,由观众去评说吧。

另外须透露的是,由陈建功和赵大年根据《皇城根儿》改写的40万字的长篇小说《皇城根儿》,将由作家出版社出版,在电视剧播放的同时发行。

近年来,陈建功致力于谈天说地都市文学的创作,《皇城根儿》可谓是一个较大的成果。但他并没忘记他的京西工友,一有空暇,就去他曾经工作、生活过的煤矿,看望那里的老朋友,结识那里的新朋友,和他们一起吃饭喝酒,一起打牌聊天。他说,真正写煤矿工人生活的作品我还没有动笔,从感情上,我依然热恋着那块乌金翻滚的土地。

要告辞了,建功说他要去街上买菜,好为妻子和女儿准备晚饭。待到夜阑人静时,就要动笔开始他的《放声》《前科》《悲壮》三部系列中篇小说创作了,计划两个月完成。

写吧,为了心中那只唱自己想唱的白兰鸽。作为读者,我热切地盼望着它的问世。

1992.5　北京

飞雪枝头寻春色　朱墨润毫弥芬芳

——著名花鸟画家王挥春剪影

一头白发，满面红光。岁月赐他的是一副童颜鹤发。

他腰杆挺直，精神矍铄。65岁的人了，依然那么蓬勃而有生气。一种被同龄人羡慕而又嫉妒的洒脱，更增添了他的风度和魅力。

性格热情奔放，为人笃诚坦荡。他胸中一定涌动着一片学识的海洋，不然，那颇有见地的谈吐，怎会如此地滔滔不绝，且丰润人的情怀，启发人的心智。

这就是著名花鸟画家王挥春留给我的第一印象。

王先生酷爱绘画艺术。从12岁起，他便对历代大师的名作、身边山川花鸟人物潜心揣摩描绘。后来从军南下，先在一野，后调二野。剿匪战役中，他是一名随军美术记者。

聊起战火中度过的那段青春，王挥春不无感慨。他说，当时大军南下，每天行军百里。很庆幸和珍惜自己那段浏览祖国大好河山的经历，不论是行军还是打仗，一有空隙我就把眼前所见、心中所悟用画记录下来。当时没有照相机，战士们谁立功了，谁当先进做模范了，我也把他们画下来，往那一挂，还真鼓舞士气呢。据说，被王先生画过的士兵，现在有的已经当了军长。

诞生在王挥春笔端林林总总的诸多花鸟画，他尤以画鹰而著称画坛。人们称道他的鹰画"构思别致，笔触猛烈，纵横涂抹，恣意挥洒，大有一种为所欲为的胆魄"。

王先生对鹰情有独钟，最初缘于他戍守西南边陲的那段生涯。那里群山错落，清流鸣涧；奇峰异石，比比皆是。览山水，阅花鸟，他独见鹰鄙弃虚浮的彩饰，啸声如弓角，不比美，不争宠，飞起来为战斗，不为炫耀……于是，各种类别的鹰的形象和神态深深地感染了他，吸引了他。他用心观察，他用情感悟。渐渐，在他眼里，那凌空翱翔的不再是鹰，而是闪电与雷鸣，是旋风和力量，是搏击天宇充满信心和希望永不停止追求的一个个鲜活奔腾的生命。鹰，曾经给了他无数创作的灵感和冲动，一幅幅五彩缤纷的画作流水瀑布般从他的笔底宣泄而出。真的画了不少呢。可惜"文革"时被人指责为"资产阶级的"，给硬逼着烧了，成箱子成箱子地烧，烧得人好心疼。他是流着眼泪烧的。他曾想，如果眼泪能浇灭摧残艺术的鬼火，他情愿倾尽自己的泪水。

改革开放的新时期为奋发的人们创造了施展才华的机遇。国人在觉醒，民族要进步，国家要昌盛。王挥春一颗不甘寂寞的心亦随之躁动，蓄积心头已久的一种强烈的、扼制不住的使命感和责任感犹如一股甘泉汩汩涌入他的心底，又从他笔下淙淙流出，流成一幅幅画，一支支歌，流成一片灿烂和缤纷。那期待真善美，期待实事求是的一幅幅"好猫图"，那呼唤顽强拼搏，呼唤强国富民的一组组勇猛矫健、神态飞扬的"雄鹰图"，以及出版社为其出版的名为"腾飞"的12幅鹰画挂历，可谓是他彼时彼刻的心迹写真。人们知道，绘画是画家调动各种手法在二度空间上表现自然物体的幻象、表述人的审美感受的艺术。遵从自己心灵的呼唤，描绘自己眼中的世界，几乎成了所有画家的人生要义和艺术准则。因而画家贵在创意。为此，王挥春苦苦追求了大半生。所以对艺术他才能够从无法到有法，有法则不拘泥于法；他的画才老而不旧，新而不怪；笔酣墨饱，自由组织，线纹飘洒流畅；落笔时的徐疾轻重，逆顺枯润，皆缘于自己的个性和当时心绪的境况而起伏变化；暗示性颇强，感情色彩颇浓；让人即领略其情致意韵，又可窥其精髓内涵。可以说，他的每一件作品都各有千秋，各领风骚，处处皆见其情、其心融入的笔触在搏动。

中国画历来重"活、生、畅"，而忌"滞、板、僵"，因而一向把"气韵生动"列为第一要义。一次，当代美术大师刘海粟看过王挥春的鹰画后，感叹不已，曾非常肯定地对他说："你的画气韵生动，很有气魄。"当即便与王挥春合作了一幅"鹰击长空图"。尔后，又收他为关门弟子。李苦禅大师在世时，亦颇赏识王挥春的画作。一次他与苦禅大师同台作画后，苦老深情地赞许："你的画不像我的，也不像王雪涛的。你有自己的性格，有自己的追求。"

艺术家一向不贪图名利，却很看重自己的作品被认可、被肯定。王挥春的作品不但被大师们、同时也不断被社会认可。他的画有的被作为"国礼"赠送给日本前首相竹下登；有的被天安门管理委员会、被毛主席纪念堂等单位珍藏；有的去国外参展获"最佳奖"。中国美术馆还将于今年11月为他举办个人画展；一部精选他80幅作品的个人彩色画册，亦即将问世。

去过黑龙江省齐齐哈尔市火车站的人们会看到，该站候车大厅里镶嵌着一幅名为"鹤乡春晓"（又名"新百鹤图"的115平方米的珐琅彩巨幅壁画，这幅画的主要绘制者就是王挥春先生。为绘制这幅画，王先生曾先后11次去鹤乡。在那里，在粉尘飞扬而窄小的制作车间里，他与工人们一起工作，一起流汗。经过反复的研究改进，才创作出这样一幅场面宏阔、内容丰富、表现技巧纯熟的作品。这是一幅呕心沥血之作：新叶秀水间，明媚晨光下，百余只丹顶鹤或歌或舞，栩栩如生。可谓千姿百态，神情各异，意趣万千，美不胜收。观赏者的心灵，会情不自禁地从中受到一种生机勃发、不再沉寂的冲撞。对此画，中央电视台曾作过专题报道。其中珐琅彩亦属王挥春发明首创，其成果曾获中华人民共和国发明展珐琅彩壁画铜牌奖和轻工部优秀创作二等奖。这种能够永久保存绘画作品、用珐琅彩制作的艺术，目前已有60余幅流入我国台湾省。

作为一代画家，王挥春是成功的。国内有许多家报刊或发表他的作品，或介绍他的成就。有人说该称他为"大师"了，王挥春连连摆手：大师者乃诗、书、画、印皆精熟于心，著称于世也。这是海粟老师的教诲，吾当铭记。

在北京的一些画店，我曾见过王挥春先生挂售的部分作品，其价格一般在数万元。这么昂贵的作品，王挥春却常拿来送人，送给说得来、信得过的朋友，甚至连门口的修鞋师傅也赠送，而且是如意之作。有人说他有点傻，王挥春也不避讳，接过话头就说，一个人如果没点傻气就什么也干不成。的确，多少年来，王挥春就是靠了这种傻气，一步一步走进了艺术的殿堂，一点一滴赢得了人们的赞许。他傻得厚道、实在，傻得令人喜爱。

观赏过王挥春的画室，该辞行了，王挥春先生送我到电梯口。握别的刹那，我看见透窗而入的一缕阳光恰巧投落在王挥春的身上，只炫得他朱颜愈红，银发愈亮。

那是一支燃烧的红蜡烛在光芒着；那是一枚落雪的红枫叶正灿烂着！哦，好一幅绚丽的人生图画哟。

1994.7.26　北京

行走着，她的情怀是风景

华静是好人。好在哪里？怎么个好法？了解和熟悉她的人心里都有数，往往一时又难以用很恰切的语言予以表述，所以，当朋友们在一些场合介绍她的时候，就常常把"好人"这个词慷慨地送给她。

其实，我们每个人周围都有不少"好人"，他们或缘于为人正直诚恳而受尊重，或因了处事认真而被称道，或由于心地善良而获敬慕，或为总是替他人着想而被认可。在这些情境里，细想华静，好像都能看到她的影子。

由于我和华静都从事过报纸副刊工作，又都钟情于文学缪斯，一起参加采风、采访活动，一起出席一些有关文学的会议，就有了经常见面的机会。华静心慈性善，从一些细节上可见证其实。外出采风时，我曾不止一次地看见她把一些小的学习用品送给贫困的少数民族孩子，还和他们一起照相，和当地的老人攀谈。

记得一次在黔南采风，当地民族以他们的习俗欢迎大家：把一头牛拴紧在柱子上，要两个刀手向牛脖子上砍。按规则每人最多三刀就要砍下牛头，可持刀手太生疏了，连续十数刀下去，那牛头依然不坠，可那牛的疼痛、挣扎感人们却是看在眼里的。当时我看华静，第二刀还没下去，她就转过了身，眼里的泪喷涌而出。

此后，不管去哪里采风，凡有此类习俗表演，华静都避而远之，甚至，从此她就很少再吃牛肉了。

作为国家级报纸的编辑、记者，同时又身为作家的华静，堪称一位响当当的公众人物。作为记者，作为作家，华静的文笔都很漂亮，而且文学的感觉敏捷。有时候我们同赴一地采访或采风，我这正为怎么写犯愁呢，而她那里的文章都发出来了。

记得一次去京郊参加一个桃园诗会，正当我感到寡淡无味不知从何说起的时候，她的散文《地头上的诗会》就已经出炉了。文中有描述，有细节，更有感慨和感想，她说："一群有着三分童心的诗人在油桃里将自己尚存的稚气和纯真展现，加温。这是一群幸福的人在油桃里行走，在地头上行走，传递着久违了的一种童心，一种感觉，一种自信。在这里，谁都愿意相信，超越现实的力量也很动人。掌声，在这里不是恭维，也不是应景，而是冲过超重生活负担生发出来的快乐。"无疑，因为华静是诗人，所以她的思绪才能饱蘸着诗的情感一起奔跑，让诗会也才有了诗意的升华。

华静做事仔细周到认真，这在朋友圈里是有共识的。曾经有人说，只要是托付华静的事，你不用再问第二遍，不管做得成还是做不成，她都会尽心尽力去做，最后肯定会给你一个认真的交代。这话一点不错，即便随着大帮人异地采风也是如此，她不但随时随地抓拍了不少照片，随身携带的小本子里也总是记满了密密麻麻的文字。那年我们随副刊研究会同去柳州，柳侯祠本已走过看过，可华静总觉得还有点什么没看清楚，于是第二天上午趁自由活动时间，她又再次前往，直到把心中的问号抻直。

华静对事对人都很负责，对文也毫不含糊。我没去过"南部"，在尚未阅读她写的《穿行在南部的那三天》之前，相信很多人会和我一样，根本不知"南部"的含义。读了才知道，那是云南的一个县名，而且历史悠久，文化底蕴深厚，眼前风光宜人：

那里香蕉树摇曳，累累硕果飘香，河流绕寨子流淌；远眺闻渔歌互答，舟楫往来；细瞅星星垂在草尖，似碰你撞我，碰撞着整个世界……这不是简单的描述或抒写，是一种诗化语言的熟稔应用。由此可见华静才气和行文之认真。

由于新闻这个职业的需要，华静去过全国很多地方采访或采风。作为记者采访，要真要实；作为作家采风，就要有充分的想象力做积淀。无疑，这二者的关系华静处理得很到位。该实写时毫不含糊，该诗写时收放自如，所以，在华静笔下才生成了那么多吸引人们眼球且引发人们思索的文章，有的只看标题就会使人产生阅读的兴趣和冲动。诸如《在大理古今传奇该用多大箱子存放》《灵魂岂能无家可归》《给心找个家》《扎在心里的刺怎样拔去》等等。这些文章，有情有义有理，娓娓道来，不咋呼，不自以为是，以平易平淡平常之心，与读者平等对话。

华静善于学习，爱读书，知识面很广，这些仅从她主编的副刊和飞扬在全国诸多报刊的一篇篇美文里可窥其一斑。即便如此，华静也从来都是低调做人，虚心学习他人之优长，从未见其张扬过自己，这与那些自恃才高、盛气凌人者形成了鲜明对照。

在阳光里行走，于月光下漫步，以辛勤俯拾生活的碎片；跨越大江南北，穿行秀山丽水，以爱心剪影万千风光。无疑，华静都是一位很出色的行走者。

仅凭着我对华静零零散散的了解，写下此篇，勉为序，并以此就教方家朋友。

航到无涯天作岸　　登上绝顶我为峰

——谨以此文奉在著名编辑家、作家、中国作协书记处书记葛洛同志灵前

著名编辑家、作家、中国作协书记处书记葛洛老师于1月19日不幸病逝，这消息，像一块石头沉甸甸地压上了我的心头。

葛洛老师1920年生于河南省汝阳县，1938年夏到陕北。早在延安"抗大"和"鲁艺"学习期间，葛老就开始文学创作，作品颇丰，著有小说散文集《雇工》等作品。中华人民共和国成立后，他长期从事文学编辑和组织领导工作，牺牲了自己的创作。在编辑和组织领导工作中，他始终坚持党的文艺路线，扶持培养了大批文学新人和著名作家，在文学界享有盛誉，为中国文学事业的繁荣发展做出了贡献。

我心目中的葛洛老师温文尔雅，脾性谦和友善，生前很支持我们《中国建材报》组织的文学活动，很关心建材职工的文学创作。

记得1988年7月，我们在北京举行"首届'五色石'文学奖征文"颁奖会，葛洛老师也来了。他是第一次参加建材行业的有关文学活动。听了与会者们对建材行业情况的介绍，他感慨地说，过去我总把建材和建筑混在一起，原来建材是这样一个又苦又累的大行业，有这样一支默默无闻、肯于奉献的队伍。文学应该理直气壮地反映他们，歌颂他们，需要的话，作协一定给予支持。

葛洛老师这样说，也这样做。在以后几年的日子里，每当我们文艺部有什么活动，只要一请，再忙、再累，他也要设法赶来参加。

1992年3月，适逢我们"五色石"文艺副刊300期，为进一步办好文艺副刊，聆听行家、前辈们的教诲，报社领导支持我们，准备搞一次小型的纪念活动。葛洛老师听说后，非常赞同，表示一定要来和大家一起聊聊。可临近会期时，没想到南方某省一部门亦请葛老光临，时间又正好冲突。江南三月，春意盎然，葛老已多年没去过那里了，也想趁机去走走看看。怎么办？葛老似乎没加犹豫地便决定了。开会那天，当看到葛老如期赴会的身影时，我心里很感动，深深为葛老的为人而敬重。

由于我本人爱好文学，加之又从事报纸的文艺副刊工作，与文坛的知名人士打交道自然会不少，葛洛老师可谓是一位平易近人、可亲可敬的长者。

去年10月，我们《中国建材报》文艺部在北京举办了"首届建材职工文学创作笔会"，葛老没有来，不是他不想来，而是他不能来。接到请柬的当天，葛老便给我打电话，说他近期身体不好，正跑医院做检查，离笔会还有半月，那时差不多也检查完了，一定要去，看看从基层来的天南地北的青年朋友们。临近笔会前几天，我给葛老打电话，葛老说他患了肺炎，不能到会了，很抱歉，并通过我向到会的同志们问好（我已在会上转达了葛老的心意）。他还说，在当前纯文学处于相对低潮的形势下，你们还这样热心地扶持作者，难得难得，替我谢谢你们的张社长，我们40年前就认识，也谢谢温总编和其他报社领导，谢谢他们对我国文学事业的关心和支持。

笔会如期举行，葛老没能出席。参加开幕式的中国作协的周明老师告诉我，葛洛老师初诊为肺癌，已住进医院。

癌症，你这吃人的老虎，你这毁灭人类生命的杀手，葛洛老师可是好人呵，你为什么要如此摧残他呢！当时，我心里不由一惊，暗暗祈祷：但愿葛老能战胜病魔，给人们一个意外的惊喜。显然，我的祈祷没有灵验，瑟瑟秋风不知把它吹向了何方。

葛老生病期间，我曾几欲前去探望，却又一直未能成行，生怕我这从未登过门的不速之客会增加葛老的精神负担。期间也曾与一朋友商约，待春节时，我们以拜年的名义前去看望。可惜，还没等到那一天，葛老便匆匆地走了，一直走向了遥远的天国。一想到此，一种说不出的负疚和不安，便不容宽恕地袭上我的心头。

葛洛老师在遗嘱中说：他逝世后，"不发讣告，不印发生平事迹，不举行告别式和任何悼念活动。""骨灰可用简便方式抛撒在中华大地上，使我回归大自然。如果条件允许，也可找一个地方，把骨灰埋下，上面种一棵松柏或泡桐，让我的生命转化成枝叶繁茂的树木，继续挺立在大地上。"

"航到无涯天作岸，登上绝顶我为峰"。这是去年春天葛老亲笔书赐予我的一幅字的内容。葛老一生中为人题字很少，不管这是不是他的最后一幅字，我都将永远珍藏，以此缅怀这位德高望重的文学前辈，以此砺我之心志，觅我之所求。

1994.1.26　北京

好人总在心里

——怀念著名诗人张承信老师

今年春节前夕，文友刘辉为我刚出版的儿歌集《娃娃成长歌谣》写了一篇评论《童心在清澈里跳动》。评论有4000多字，像这种较长的文章不宜在报纸刊登，杂志比较适合，当时，我一下子就想到了由张承信老师担任主编的《大众诗歌》。于是，我就把评论发给了承信老师。几天后，张老师打来电话，说稿件收到，已经编排好，将在近期刊出。当时，我心里真是充满了感激和期待，对朋友刘辉的盛情也总算有了一个交代。

就在感激和期待中，却等来了一个不幸的消息。那是3月29日下午5点多钟，我正在公交车上欲前往参加朋友聚会，接到了张承信老师女儿张晴的电话，说父亲于早上7点20分在太原去世。当时我的头"嗡"的一声，简直不敢相信这是真的，竟情不自禁地追问一句：你是张晴吗！（因为张晴当时用的是另外一个电话，没有显示名字）的确是张晴的电话，我所信赖和敬重的张承信老师真的是走了！能为张老师做点什么呢？张晴告诉我，父亲是中国诗歌学会常务理事，她想把父亲去世的消息告诉中国诗歌学会，希望能发个讣告，但一直联系不上。我立即中途下车，翻出中国诗歌学会副秘书长大卫的电话，把这一情况先告知大卫。大卫立即回答：他认识张承信老师，人特好。他正在外面，让张晴马上和他联系，一小时后回去就发讣告。我把大卫的电话立即告知了张晴。

大概 7 点多钟，大卫发来信息，说张承信老师逝世的讣告已经在中国诗歌学会微信公众网发出。当时，在座的作家祝滢女士帮搜了下，发现关注和留言的已达数百人之多，可见张老师的不幸逝世不知牵动多少人的心。当晚，中国作家网的超侠，中华文教网的李月，也都及时向全国发布了张承信老师逝世的讣告。

张承信老师是著名诗人，早在 20 世纪 80 年代初我就知道他的名字、读过他的诗，那朴素的诗风，醇厚的诗意，对我的诗歌创作都曾经产生过影响。认识他则是在 1997 年 7 月北戴河的中国作家协会创作之家。

其实，我是一个不太善于交往、对名人大家更是愿意保留点距离的人。记得那天在创作之家经"家长"介绍大家见面后，我面识了张承信老师，并且还知道了他是《山西文学》一位资深的诗歌编辑，但并没有立即上前打招呼，想等个合适机会再向张老师讨教。一天晚上，创作之家里的"小家们"一家家都各自活动去了，我独自在院子里散步。那棵青葱茂密的核桃树下，有几位老作家正围桌聊天，见他们都很熟悉的样子，我不便瞎凑，仍在周围转悠。你是庆和同志吧，过来坐坐吧，这里有个空位。打招呼的正是张承信老师，声音憨厚而亲切。这是与张老师的初次交谈，印象深刻而美好。十天的创作之家休假生活很快就结束了，临分别前，张老师还给我留下地址电话，要我有稿件时寄给他。第二年的下半年，我把自己新写的诗作选了一点寄给了张承信老师，很快承信老师就在 1999 年初的《山西文学》予以刊出，而且不是一首，是一组，整整占了一个页码。张老师的这份情谊、这份厚爱，我始终铭记在心，却无以回报，深感惭愧。

说起张承信老师对我的关心和帮扶，还有很多很多，每次都让我难以忘怀。

21世纪初，一次赴山东梁山旅游。耸立的山，退却的水，逝去的人，古老的故事，现实的存在，真与假，善与恶，特别是那个令人痛恨的"腐败"问题，曾经让我浮想联翩，慨叹不已。在激情的驱使下，我一口气写了首百余行的诗歌《梁山好汉》。诗写出来了，不少人都说不错，但同时又认为诗有讽刺之嫌，与现实靠得太近，报与刊都不方便发表。后来，我就寄给了正在主编《大众诗歌》的张承信老师。很敬佩张老师的气魄和胆识，时间不久，他便将《梁山好汉》予以刊出。至于《梁山好汉》其价值几何，是否真的讽刺了现实，我不敢妄言，只知道2012年6月中旬在北京的一次诗歌朗诵会上，当被朗诵这首诗时，不但引发了台下热烈的掌声，而且中间还有人叫"好"！这叫好，这掌声，所折射和传递的又何尝不是对张承信老师这位知名诗歌编辑家的一种回应呢！

其实，张承信老师也是一位重行少言话语不多的人。后来，在北京，在华山，在辽宁，或开会，或采风，或闲聊，我和承信老师还见过几次面，每次话虽不多，但心里都各有底数。我常把尊敬和感激寓于行动，比如上台阶了，扶老师一把，进门口了，拉着门让老师先行。而张老师呢，更是把那份友善和关爱寓于眼神或微笑，常常用一个动作，就能神领彼此心意。

去年六月上旬的一个上午，我正参加中国作协的一个会，接到张承信老师电话，他说，听说张同吾同志病了，是否住院？刚才给同吾打电话，感觉他说话很吃力，病情是否很重？并嘱，如同吾有什么不测一定及时告诉他。我照做了，在我得知张同吾老师去世的半小时后，就及时电话告知了张承信老师。承信老师重情重义，电话里连声说同吾好人，可惜可惜！十几天后，承信老师又打来电话，说经编辑部商定，要在《大众诗歌》为张同吾老师开个怀念追思专栏，约我再写一篇文章。此前我已写了悼念张同吾老师的文章，并且分别刊登在《文艺报》和《光明日报》上，以我当时的悲伤心情，再写也只能是重复，再加上正患肺炎，发着烧，精力实在不济，故未能从命。张老师很宽容，没再坚持，还安慰了我，并托我代向同吾老师家人表示慰问。

就在一周前我收到了张晴寄来的《大众诗歌》杂志，里边不但有怀念张同吾老师的专栏，而且刘辉先生的那篇评论文章《童心在清澈里跳动》也豁然其内。我知道，这是张承信老师生前编辑的最后一期《大众诗歌》了，它的价值，它的意义，它的含金量不言而喻。

带上这本杂志上路吧！尊敬的承信老师，沿途会有无数鲜花为您绽放，会有无数鸟儿为您鸣唱——为曾经引领一代诗歌的著名诗人，为曾经提携扶持过诗坛无数晚辈的诗歌编辑家。

2016.4 北京

花开春风里　芬芳斜阳下

——记花鸟女画家王倩

在群芳争艳的当今画苑中，女画家王倩是成功的一位。

63年前，王倩出生于河北定州。从小时候起，她就爱画画。用石块在墙上画，用树枝在地上画，家里凡是能画的地方她都想画。为此，不知挨过父母多少训斥。她从没想过当画家，也没想过出名，她说她只是出于兴趣和喜好。后来她中学毕业，在解放战争的连天炮火中参了军，成了一名女护士；1954年又转业地方，后调至中国国际广播电台工作，直到离休。多年来，无论多忙多累，她一天也没丢弃过自己对绘画的喜好。

或许是与王倩文静贤淑的脾性有关吧，最初，她喜爱的是仕女画。由于工作的繁忙、家务的劳累，她只能利用一些零碎时间，漫无边际地用铅笔默默地画，悄悄地画，边画边撕。在有幸留存下来的几幅铅笔人物画中，电影演员白杨那微笑的神态，医学专家林巧稚那和蔼的面容，仿佛都在述说着她当年的甘苦。

"我学画没有老师指导，但处处又都有我的老师，那就是书、画和大自然里醉人的风景。"为了学画，她每月都要几进书店，每月都拿出一半以上的工资购买各种书籍、图片、笔墨、纸张等；上班每到工间休息，她总是悄悄用一幅素描来驱逐倦意。后来，孩子们大了，每天下班回到家里，寂静的夜，就成了她在绘画艺术的海洋里独驾舟帆，领略乘风破浪情趣的美好世界。

随着祖国温暖春天的到来，王倩的追求和勤奋得到了电台领导和同事们的关心与支持。为使王倩的绘画艺术更上一层楼，从1984年至1989年，台里一直出学费鼓励她参加海淀老龄大学国画系的学习。在那里，她系统地学习了工笔创作、写意、书法等基础知识，并得到了田世光、卢光照、李燕等名家的指导。

无意插柳柳成荫。说起报名老龄大学一事，王倩不无感慨地说："以前我从没画过花鸟，当时报老龄大学国画系也是想学画人物，可人家没这个班，只有花鸟班。不妨试试吧，没想到一试还真有了点眉目。"当然，这"眉目"的背后，王倩所付出的艰辛是可想而知的。那时，她还没有离休，要按时上班，按时上课，还要按时完成作业。那一阵子可忙透了，她说自己竟两个月没顾上洗澡。

有人说，画家不一定每幅画都是精品，但每幅画都必须是心的感悟。王倩正是循着这一箴言，进行绘画创作的。明媚的阳光下，她用心画着，不知不觉天黑了，她慨叹：太阳呵，你为什么走得这么快！冥冥灯影里，她用情画着，不知不觉天亮了，她恳求：时间啊，再等等我吧！为了画，她入迷如痴，八年没看过一次电影；为了画，焖在锅里的米饭有时冒了黑烟，煮在锅里的鸡蛋有时成了"煤球"。只要一进入画境，一天不吃不喝也不知饥渴；儿女们送来的西瓜、桃子、鸭梨、苹果，不知烂掉了多少。她想不起吃呵！打开她的衣柜衣箱，看到的不是衣物，而是那浸满心血和汗水的千姿百态、艳丽芬芳的一幅幅花鸟丹青。

几年的孜孜追求，王倩的绘画艺术发生了质的飞跃。她的作业被学校一次次评为优秀；她的花鸟画1990年2月获"首届亚洲妇女画大赛"三等奖；同年秋，在北京举行的"齐白石门下十姐妹书画联展"中，她的花鸟画被日本、新加坡、德国、韩国和中国台湾、香港等境内外观众一下子就买去几十幅。今年4月，中国国际广播电台等单位，在北京军事博物馆为她举办了个人画展，杨成武将军、袁晓园教授为画展剪了彩。画展吸引了来自北京和祖国四面八方的参观者。来自河北的一位叫高双乐的观众留言道："王倩老师的花鸟画，驱逐了我心中的荒漠。在这里，自己仿佛成了一只飞进百花园里的蜜蜂、蝴蝶……"

在花鸟画的艺术追求中，王倩现正专工牡丹。她说，自己毕竟是年逾花甲的人了，衰老正一天天向我逼近，我总感到有一束最美的花，一只最可爱的鸟尚未画出。在有限的生命里，我将继续高举意志的火把，拼全力画出那最美的一幅，让它去领略夕阳的灿烂和辉煌。

1991.9　北京

话说"长江"

此"长江"非彼长江。此"长江"姓黄,是个"小人物","长江"是他的名字。

认识黄长江是从电话里开始的。说不清是哪年哪月的哪一天了,长江打来电话,说他在一个什么会上见过我。他所供职的单位要办一个活动,希望我能参加。也不知怎么搞的,一忙,到了那天一下子给忘了,没去成。事后,我曾在电话里向长江致歉,长江很宽容,一点埋怨的意思都没有。

后来长江寄来了他的诗稿。也就是从那时起,我知道了长江还写诗。可别说,那诗写得还不错,小巧玲珑,只觉有种鲜气袭来。

再后来在一个什么聚会上,我结识了长江的一个朋友,说长江是贵州人,闯荡北京已有数年。长江太老实、太本分了,和他一起闯京城的老乡,大都闯出了名堂,有的有了车子,有的买了房子,有的还弄到了"位子"。而他却"混"得连城里的房子都租不起,只好携妻在郊区的一个农村租了间房子居住。

长江的妻子叫万院喜,名字很有趣,人也长得秀气。不过这是我在一本书的彩色照片上看到的,并没见过本人,说的也许不准确。但小万很有才气,这是事实。她也写诗,而且写得很好。我曾对长江说,小万的诗比你的更要好。当时长江没反应,也不知他心里怎么想的。

交往多了,彼此熟悉起来,话也就多了。

长江说他好想当个编辑,想编图书。这愿望从读大学时就生成了,只可惜命运没能成全他。自己之所以搬到郊区去住,并非完全是由于生活窘迫,更多的原因还是想找个清静的庭院(是啊,你的妻子就叫万院喜嘛。说罢二人同时笑了),实实在在地做点事情,为社会、为朋友,同时也是为自己。

长江说做就做,他编辑的第一本书就叫《散文今选》。他给我约稿,看他那实在劲儿,我毫不犹豫地就给了他。在那本书里,我看到著名散文家林非先生、石英先生、王宗仁先生等,都支持了他。

现在想编书赚钱的人多,而为读者为作者负责任的人少。无错不成书,无大错就算好书的现实,实在令人有些遗憾。长江编的书会是什么样子?开始我心里也没底。曾想,管它呢,不就是几篇小文吗。

书的大样出来了。付印前,长江从郊外到城里跑了几十里路,拿来让我校对自己的稿子。别说,大样还真不错,很干净利落,通篇也没看出一个错字,而且有几个欠妥的字词,长江还做了恰切的订正。那天想留长江吃饭,他不肯,说还要赶去别的老师那里,请他们逐个审校自己的稿子,逐个签写出版授权书。

《散文今选》出版了,是一本地地道道的纯文学书籍。也许是出于初次尝试,抑或经济力不足的考虑吧,尽管那书的质量、档次尚不尽如人意,但长江为此所倾注的那份心血和劳动,却已经浸透在那书的里里外外了。从中,也使我看到了一个认真的长江,一个诚实的长江,一个可以使人信任的长江。

2004.11

回 答

我从小就愿意亲近女性,母亲却过早地拒绝了我的恳求,我才两岁多时,她便弃我而去。从此,我的奶奶、姐姐、邻居家的大娘大婶大嫂子,以及伙伴中的小姐姐们,就成了我相处相伴可信可亲的人,那种幼年丧母的痛苦,也被欢欢笑笑、打打闹闹的气氛驱除得没了踪影。女性中,给我留下烙印最深的当属奶奶,因为是奶奶代替了母亲所不能给予我的一切。我爱奶奶,我离不开奶奶,记得我十一岁那年奶奶去世,直到老人家临终,我还睡在她的坑上,晚上给她暖脚。

幼年时,我心目中的男人十分恐怖可怕,他们的吼声一个个像山里的野狼,诡诈的心计,像蒙面的魔鬼。这种心理恐怕是缘于家乡的男人们爱打架,也由于自己父亲脾气的暴躁所致。在我的记忆里,父亲动辄就发火、摔东西,尽管那火不是冲我来的,但我还是怕见他,就像老鼠怕见猫一样总躲着他。有时一见他发火,吓得我直往奶奶怀里钻。奶奶是我的保护神,因为父亲的火再大,也不敢冲奶奶去,父亲毕竟是个孝子呀。

说来好笑,七八岁时,我去远在黑龙江的大哥和二哥家住过一些日子,在那里,有一个要我叫他哥哥的男孩待我特好,总爱帮助我,我竟不相信他是男人。那时候,我认为男人是不会有那么好心肠好脾气的。后来直到结婚妻子怀孕,要生孩子时,我还祈祷一定要生个女孩。更没想到的是,当我学着舞文弄墨写点儿东西的时候,竟也和女性沾了边儿。我想,这大概就是《都市里的独身女郎》《被时代潮裹挟的中国少女》《360度婚姻世界》以及《中国的消费生力军》等作品出笼的原因之一吧。因为,我觉得这世界上女人最伟大,最美丽,最善良,最可爱,是她们孕育和养活了这个世界,假如没有她们,这人生就不叫人生,这世界就不成世界。赞美和歌颂她们之中的真善美,应是我们男性公民的责任和义务。

写下这段文字,算是对一些好心的朋友和一些有心人的一种不是回答的回答吧。

(本文写于1994年3月,系我的纪实文学集《斑斓人间事》的后记。后因故,该书未能出版)

可怜天下父母心

——1995 高考场外见闻录

曾经缘于七、八、九三天高考，而一度被人们称作"黑色的七月"又来了。也许考场里的少男少女们并不知道，当他们正在进行这人生路上的第一次百米冲刺时，考场外有那么多的父母们，一个个心情焦躁不安，神色也是千姿百态。下边，就是笔者在高考场外那似涌如流的人潮中，信手采撷来的几束浪花。

九点整，这里倏忽沉寂了一阵

七月七日，天气殊热。八点半钟，笔者来到北京立新学校考场门口。

这是一所中学，佩戴红袖标的门卫理直气壮地把所有保驾护航的家长们拦在门外。像送别儿女们离家远征奔赴沙场一样，家长们一个个很无奈地眼望自己的心肝宝贝走进校园深处，一直走到没了身影。于是，由此酿出的那种期待、牵挂、五花八门的心情再也难以自制，荫凉处，树影下，家长们仨一伙俩一堆地聚在一块儿，话题便绕着考场转了起来。他们谈论学生的志愿，谈论高考的利弊，谈论这不可人心的鬼天气，谈论考题的难易程度……声浪此起彼伏，使人会联想到那人声鼎沸的农贸市场。

九点到了，停留在这里的所有家长们的目光几乎同时瞄向了手表的指针，沸沸扬扬的议论声像接到了谁的命令一样，随之戛然而止。

这里发生了短暂的却是出奇的沉寂。这沉寂，是思绪的一道裂缝，是心迹的一种袒露。仿佛所有家长的心思，一下子都跌进了由于那声浪断裂而形成的深谷之中。

当他们得知考场内情之后

还是这座考场门口。

紧张的时刻终于过去了。人们开始轻松下来，家长们为了打发这难挨的等待，又开始了各自的事情。有看书看报的，有下棋打牌的，有家长里短扯闲篇的。有一位老板模样的人，堪为这里的一景。

这老板很潇洒，也许考场离单位太远的缘故吧，他来了个公私兼顾，干脆把办公室搬来这里。他拿张报纸往石凳上一铺，另一半便做凳子，掏出公文包里的文件，拿出大哥大。瞧，够派头的。

"今天的应酬安排在晚间进行……""好，就这么办，你要亲自跑一趟……"

电话铃声接连不断，答答问问，自自若若。这位老板先生，似乎并没在意周围有那么多眼睛在使劲盯他。

大约十点钟，考场内走出一小伙子。

"呀，是考生！"

"答得真快，肯定是个高才生。"

"不，也许是提前录取的。"

在人们的猜测声中，小伙子步出门口。立刻，一群人围了上去。

"考题难吗？""什么作文题？"

小伙子一脸的不耐烦，边走边随口答道："不难，作文题是

'鸟'。"

小伙子口齿不清,一些人竟把"鸟"误听成了"咬"。

"天哪,这是个什么作文!咬!咬什么?太难了。"

有人抱怨,有人还高深地揣摩起这题的做法来。这一些人,大都是从"文革"中走来的,时代,在他们心里曾经打下过深深的烙印,有人甚至还联想到是否使用阶级斗争,斗私批修,以及批评和自我批评做例证。

快到11点时,考场内又走出一女教师。她刚出门口,就被十几名女家长围住。听得出她是某学校的一位班主任,有些家长认识她。

"老师,考题难吗?"

"不知道。今年一分钟都不许我们看。"

"考场内发生过什么吗?比如有无晕倒的学生。"一位家长委婉地询问。

"没有,请大家放心。"

人群又开始了短暂的平静。

这里,像举行隆重的欢迎仪式

七月七日上午十一点二十分左右,笔者又骑车赶到另一考场门口,这里同样人多得几乎挤不进去。

十一点半钟,本来是个平常的时间,平时也许根本就没人留意它。可今天就不同了,一下子它成了一个非常特别的时刻。

这里,准备迎接考生归来的学生家长们一个个躁动不安起来,学校门口被围了个水泄不通。

来了,第一个走出考场的是位男生。像又听到了命令一样,围拢等待的人们自觉让出一条通道。

那考生有点惊异,怎么这么多人,像在举行什么仪式。

第二位也是男生,他有些调皮,见状,竟有意迈腿走了几个正步,手里还高擎着自己的准考证,活像一位迎接外国元首仪仗队里的持剑护卫。

对于这位学生的滑稽,有人投去了一笑,但更多的人,却是在急切地搜寻自己的"目标"。

一位女生走出来了,她妈妈立刻迎上去接过准考证,一手挽起她的胳膊,一手用湿毛巾为她擦脸。

又一位考生走出来了,她爸爸立刻迎上去,接过自行车,递上一瓶冰镇矿泉水……

十一点五十分,当最后一位考生走出学校门口的时候,望着渐渐散去的人群,我的心比这初伏的暑天还闷热。

怎能妄加评论这些家长们呢。毕竟,他们是一群咀嚼过太多的人生况味,也曾经留下过太多遗憾,因而只好把希望寄托在孩子身上的一代中年人啊!

1995.7.7　北京

你可知道这颗星

她叫姜志，是武警部队文工团的女高音独唱演员，全国青年歌手、民歌、通俗歌曲孔雀杯大奖赛的获奖者。行家们曾这样评价她：姜志音色甜美、纯正，感情真挚而富于表现力，一支从谱面看去很平常的歌曲，经她的演唱，却能出乎意料地令人感到悦耳动听……

姜志出生在海滨城市——大连。她天资聪颖，模仿力强，性格就像那灵动奔跑的浪花一样欢快、活泼。她爱海。那海之诗，海之歌，海之舞。是海的摇篮把她荡进了无数个美好的梦境。是的，从很小很小的时候起，她心里就憧憬着那一颗星星了——唱歌。

不过，在那个文化荒漠的年代里，能唱的也只有样板戏和语录歌。小姜志迷上了李铁梅和小常宝的唱腔，家里一台陈旧的交流收音机成了她的老师。一天，她放学走在路上，忽然听到收音机里传出《红灯记》李铁梅的唱段，她竟附在人家的门框上如醉如痴地听了起来，连来人开门她都没有察觉。小姜志爱唱歌，歌声是她少年时最好的伙伴，街坊邻居曾给她起了个"小铁梅"的绰号。以后，无论是在她下乡的田野上，还是回城后在建筑工地抹灰工的行列里，无时不洋溢着她那清泉般甘醇的歌声，无处不飘洒着她令人迷醉的嗓音。

偶然的一天，有人对姜志说，你天生一副金嗓子，应该深造、提高自己呀！

一句话，提醒了姜志。她曾先后报考过大连艺校和辽宁艺校，两次考试都合格，却都未被录取。原因，除了那个讨厌的政审关外，就是至今仍使姜志深恶痛绝的后门关，她两次都是被人家有根子、有门子的人挤掉的。她迷惘，她失望，她彷徨，无助的姑娘只能以无声的眼泪对着太阳，对着月亮默默地泣诉命运的不公和心中的不平……

"有出息的人，没有眼泪！"

是姜志母亲的一句话，重新点燃了姜志心中的希望之火。对，报名参军。这个愿望像一股春风吹开了姜志关闭的心扉。

1980年，她同时报考了沈阳部队文工团和基建工程兵文工团。命运之神终于向她绽开了微笑，两个文工团几乎同时录取了她。最后，姜志选择了北京——基建工程兵文工团。

在文工团里，姜志的才华得到了施展和发挥，入团后的第一次演出就很成功。那次她一连唱了六支歌，谢了三次幕，观众才容她退场，无意中"小李谷一"的绰号又不胫而走。在一次音乐会上，她与金铁林同台演出时相识，这位曾经培育出李谷一、彭丽媛等不少著名歌唱家的中央音乐学院副教授，又欣然收下了姜志这个弟子。在金老师的指导下，姜志像一只初展羽翼的布谷鸟，在音乐艺术的殿堂里，又飞进了一个新的境界，并逐步形成了自己的演唱风格。

《小窗》《金山银河》《江南农家》《梅花消息》，当欣赏这些经姜志演唱并被人们广泛传唱一时的歌曲时，怎能不为她那柔曼、隽秀、活泼和甜脆的演唱技艺而叫好呢。几年来，她先后为《沉默的冰山》《侠女十三妹》《台岛遗恨》《一路风尘》等电影和电视片录制了主题歌，并出版了两盒个人演唱专辑磁带；数次参加过中央电视台和地方电视台的春节以及其他各种文艺晚会的演唱；全国从中央到地方的数十家广播电台都播放过她的歌唱专题节目或每周一歌歌曲。她那甜美的歌声，洒遍了祖国的山山水水，也走进了他邦异国的广播、电视。

1985年8月，她在平壤用朝鲜语演唱《中朝友谊花盛开》《祖国的怀抱》和《金山银河》时，数千名观众竟以掌作和，随着节拍与她同声歌唱。《朝鲜劳动党报》赞誉她歌唱得太美了，比他们自己人唱得都好。

姜志成功了，但她还是那样纯朴，那样平易。她调入武警部队文工团后，一次，一个"穴头"拉她去外地演出，几支歌就是一把票子啊！她谢绝了，而到奇寒缺氧的青海高原上慰问常年驻守在要地、哨卡的武警战士去了。有人说，在高原上唱一支歌喘的气，在内地一辈子都用不完。可姜志和她的战友们所到之处竟没拉下一个战士，就连那些只有三五个人的哨所她们也去唱了，演了。

现在，30岁的姜志已经走入了做妈妈的行列，当妈妈的责任，繁忙的家务，没能阻止这只音乐鸟的飞翔，她仍在苦苦地求索，仍在努力地进取。姜志的爱人、中央歌舞团的作曲家高德润先生说，姜志还是那么忙碌，眼下，她正为第十一届亚运会录制《啊，明星》和《升腾吧，亚细亚的太阳》两支歌曲。

愿那甜脆的歌声润透每一个运动员的心；愿姜志像亚细亚高高升起的太阳，为广袤的绿地不停地施放自己的光芒。人们正期待着——姜志。

1988.12　北京

平凡人平常事　平易人生留香气

——怀念老主任张天郁同志

我从部队转业到地方后，一直从事新闻工作。由于职业需要，20多年里，我先后到过全国不少地方或采风，或采访，写过不少人物、景物或事物性文字。退休后稍有清闲了，当想起应该写一写当年曾经给过我很多关心、厚爱和帮助，并且鼓励我、引导我成长进步的一位部队老领导——原空军高炮一师副政委张天郁的时候，他却驾鹤西去了。

人虽去，情未了；言犹在，影不离。每当想起当年我们零距离接触时，他那豁达开朗、乐观向上、温暖人心的言谈举止，依然如在眼前。

那时候张天郁是高炮一师一团的政治处主任，由于部队居住条件简陋，我俩同住在一间办公室兼宿舍的房子里，耳濡目染，他美好的形象深深地嵌在了我记忆深处。

1972年5月，我入伍刚满三年，就被提干调到团政治处当书记。书记是个什么官？我不解。一天，政治处张天郁主任要我跟随群工股许股长去驻地附近走访军民关系情况。在生产大队办公室里，许股长向大家介绍：这是我们新来的张书记。大队干部们一听"书记"二字，神情和举止立刻异样起来。有的惊讶：这么年轻呀（时年我还不满22岁）！有的让座、递烟、倒水时也是首先对我，一时弄得我很不好意思。回来后,晚上躺在床上张主任问我,今天有什么收获?我说,人家都把我当成"大官"了,比股长还大。是啊。张主任说,这就是你的工作性质。说大,你可以管政治处的每一个人,也包括我;说小,在这里你的职务最低,你是排级,其他最低的都是副连级。所以,你的工作会有困难,可能还会遇到意想不到的麻烦。但只要你谦虚谨慎,善于团结,严格要求,以身作则,像在连队当班长那样搞好政治处的行政管理,我们会支持你工作的,大家也会理解你的,同时这也是对你的一种锻炼。政治处的同志们很理解我,也很支持我的工作,比如出操、打扫卫生、派工参加团机关义务劳动等,大家都很自觉,印象最深的当属张天郁主任了。快过"八一"了,团机关组织司、政、后几大部门会操,为取得好成绩,每天早上大家都热情参加队列训练,张主任更是积极带头,有时还让我专门给他一个人下达队列口令,示范给大家看。

　　张主任爱部队,关心连队建设,是一个对工作充满热情、对战士心怀爱心的人,每天都忙得团团转,在他那里几乎就没有白天黑夜,常常三更半夜了,还接到连队报告"情况"的电话。为及时处理"问题",有时他就立即起床,驱车赶赴连队。1974年4月,我被派往四连代理副指导员,一个多月后,从北京解放军政治学院(现为国防大学)刚学习归来的张天郁主任去那里检查工作。中午吃饭时,炊事员端上来一盘炒鸡蛋,张主任立即问连长:这鸡蛋战士们今天都能吃上吗?为安抚张主任,连长便回答,我们自己养的鸡,已经开始下蛋了,今天中午改善,大家都有一份,你也尝尝吧。连长的话,张主任当然不信了,因为此前他知道四连在高原上买50只雏鸡只养活了不到10只的事,便幽默地说,这青海大高原上连只小虫子都很难养活,你们却能让仅有的几只鸡大批量地下蛋,全连还能一起吃顿炒鸡蛋,了不起。好,明天就在你们连开个现场会，介绍下养鸡经验，再来一顿炒鸡蛋招待大家，好不好？连长只好实说，几只母鸡养在暖房里，刚刚下了几只蛋，首长刚从北京回来，怕身体不适应，所以才叫炊事班加了这盘炒鸡蛋。张主任听了哈哈一笑，说，既然这样，这心意我领了，不过我不想吃鸡蛋，去送给今天最辛苦的人吧，让他们帮我吃，也帮你吃，你看行不？在张主任的一再坚持下，那盘鸡蛋就分送给了因在炮阵地站岗和指挥所值班而误餐的两名战士。

张主任不但自己以身作则，对子女的要求也很严格。那是1981年夏的一天，我爱人刘伟来部队探亲，张主任和夫人富淑礼大姐特邀我们去他家做客。此时，张主任已经由政治处主任直接提任师副政委7年多了。那晚师机关俱乐部正好放电影，为招待我们夫妇，天郁副政委还特意领了两张位置较好的电影票（部队放电影只发票，不卖票）。当听说我们不想看电影后，他的两个正上小学的孩子可高兴了，都闹着要去。当时只见天郁副政委一边把电影票交到孩子手上，一边嘱咐：这票都是好位置的，你们可不能往那里去，要找个边角坐下。尔彤，你是姐姐，是领导，今天看电影的事就由你负责了。天郁副政委就是这样，无论他在团里工作时还是到师里任职后，上上下下都认可他是一位不谋私利、清正廉洁，有能力、讲公道、信得过、心里总是想着别人、热心为大家做事的好干部，好领导。张主任在团机关威信很高，公务班、警卫排的战士们都很尊敬他，喜欢和他说话聊天。那时他爱抽烟，却从不在屋里抽。一次我问他，主任边抽烟还能边说话，那烟怎么也掉不下来呀？练的。张主任撇了下嘴，看，粘到下嘴唇上了吧。并且幽默地说，我这叫"争分夺秒，一时二用"。你想啊，开会就休息10分钟，要是不抓紧抽完它，这烟就该有意见了。

说起张天郁副政委的好，有件事是不能不说的。

"文革"中由于极"左"路线的干扰破坏，1968年底，我们所在的部队曾经发生过一起"事件"（该"事件"13年后予以彻底平反）。当时，原训练科一位参谋曾受到牵连，被开除党籍，审查后做复员处理，退回原籍，造成了妻离子散、生活无着的悲惨地步。三中全会后，虽对其进行了平反，但并不彻底。为彻底解决余留问题，为受冤屈的干部完全平反，1982年张天郁副政委就和另一位同志一起去陕西解决此事。在那里，他动之以情，为其逝去的青春年华而惋惜，为其遭受的苦难而痛心。他把部队的平反昭雪文件拿到该参谋所在单位宣读，到其老家宣读，最大范围地为其消除错误判处的不良影响，并且还为他调整了职务和级别，办理了转业手续，补发了全部工资。

在我的印象和感觉里，张主任是个闲不住的人，他为人为事着想的心思，他的脚步，仿佛一刻都不曾停息过，即使军退之后也是在一直为"大家"奔忙劳累。

2009年4月，由张天郁副政委牵头组织策划了一次"原空军高炮一团战友纪念建团60周年大会"，到会人员大都是部队改装撤销番号后，已经转业到地方多年、从祖国四面八方赶来的老一团部分老干部，我也应邀赴会。纪念会那天，一间借用的能容纳200多人的简陋会议室座无虚席，连过道、墙角都挤满了人。大家高唱国歌，争相发言，堪为群情振奋。那次活动组织安排得很好，从人们的赞扬声中，我还得知了张天郁副政委退休后的一些情况。

其实张天郁副政委身体并不太好，上世纪七十年代末就查出患有糖尿病，几十年里一直和各种缠身的病魔顽强地抗争着。2004年10月，他走进鞍山市军队离退休干部服务管理中心时，已经是近70岁的人了。他不负驻地政府重托，把这份"业余"工作一如他任职时那样，很认真地当做"正事"、"大事"来做，而且做得风生水起，可谓尽心尽力尽责。期间他曾两次获得国家民政部授予的"和谐家庭"荣誉称号，一次获国家民政部、解放军总政治部授予的"先进军队离退休干部"光荣称号。在这"业余"的时间里，他还精心组织编纂了一部书。

我们所在的部队，是一支具有光荣历史的部队。抗美援朝，曾经参加保卫清川江大桥的战斗，参加保卫鸭绿江的战斗，参加保卫我运输线的大大小小战斗数十次，打掉过无数架美机；回国后编入我空军国土防空部队，在辽东半岛曾经打掉过先进的美制"p—2v"电子侦察机，受到过中央军委嘉奖和毛主席的表扬（在那次战斗中，张天郁时任一团四连仪器排长，个人曾荣立二等功，还向前来慰问、参加现场会的罗瑞卿、刘亚楼等军队领导做了"苦练技术、三星指挥仪36秒捕中目标"的经验介绍；主持会议的张爱萍将军曾握着他的手说："你这个小排长干得不错"）；援越抗美，我们又仅以一个加强团的建制，用落后的武器装备，在不到7个月的时间里，以伤亡3人的代价，取得击落、击伤美机90余架的辉煌战绩。即使在保卫我国西北核基地的任务中，也有很多可歌可泣的事件值得一说。然而，原部队由于改装已不复存在，又没有留下完整的文字性记载。怎么办？一种使命感和责任心，又驱使张天郁副政委自觉肩起了为老部队编纂史书的任务。

　　天郁副政委很谨慎，很负责，当初他还把编纂史书的"征稿倡议"发给我看，要我提提意见。几年后，当我收到他寄来的《防空利剑第一师》那本厚厚的大书时，我被深深地震撼了，感动了！那不是一本普通的书，那书里寄托了一位老首长的心愿，承载着一支老部队的荣光，凝结了全师一代代指战员们为祖国为人民不怕吃苦、勇于牺牲的奉献精神，同时也蕴含了所有参与编纂者的心血和智慧，堪称一部集史料、教育、颇具收藏价值的大制作。

　　说起张天郁主任对我个人的关心和对工作上的帮助，可以说是全方位的。

　　记得刚到政治处时，张主任有时要参加机关的一些会议，为不耽误上级机关和连队打来的"重要"电话，特别告诉我有电话要及时通知他，每当这时，我就成了他的电话守机员。开始我叫他接电话时，就学着电影上的样子，不管他是正讲话还是在倾听、记录，总是一进会议室门口就喊：报告张主任，请接电话。几次之后，一天张主任个别对我说，接电话也得动脑筋，比如，你接到找我的电话后，要先问下是谁的电话，急不急，如果不急，就说主任正在开会，让他等一会儿行不？而且要告诉人家大概什么时间回来。另外，再找我接电话时，不要大声喊报告，可走到我跟前，小点声说，这样免得打扰别人。类似这样言传身教的事情，我从张主任那里真的学到了不少，以至影响到了我转业地方后对待工作和接人待物的方式和态度。

　　天郁主任入伍前是学校老师，老师的教学经验也被他巧妙地应用在了部队的思想教育工作中，他理解年轻人的心思，因而，战士们才说听他讲教育课是一种享受。记得有一次他要我跟随他下连队给战士上安心高原的教育课。他完全不同于其他人的那种授课法，开始他把高原环境、生活如何艰苦，如何的不如内地，心里如何的后悔、不情愿等等说了一大堆，当战士们一个个听得入耳入心频频点头的时候，他却话锋一转，来了一个"但是……"这一"但是"，战士们理明了，情通了，通过立足高原、吃苦奉献这个"具体"，懂得了保卫祖国这"价值"的崇高，并且引来战士们一次次热烈的掌声。张主任的这种讲话方式，潜移默化中我还真的学到了一些。记得一次我在单位做年终述职报告，10分钟的发言竟也引来几次掌声，我知道，这里面就有张主任的讲话方式在暗暗助我。

　　不能忘记的是，张主任当年对我的爱情以至后来的家庭也是十分的关心，并给予了很多帮助。

　　记得部队刚调防到青海不久，一天张主任问我：对象谈得怎么样了？我说：我们只是"写"，还没有当面谈过（我探亲时只与未婚妻见过一面，而且不是有意插花的那种特别相见，只是有意无意地相互瞭了一眼），加上一年多没再见过面，互相正闹意见，在搞"冷战"，谁都不肯先撤，怕是要吹了。谈恋爱我有经验，当初我也是写，说说情况，我帮你解决。和蔼可亲的张主任对我说。了解情况后，张主任又说，你们是误会，好办，告诉我地址，我给小刘写封信。20天后，未婚妻（即现在的妻子）给我来信了，信封里同时还装着她写给张主任的一封回信。后来张主任借去北京两次学习的机会，为我的事还专门去过我家。第一次因为没见到未婚妻，后来又专门去她单位，找到了她。张主任的帮助，巩固了我们的爱情，两年后我们终于携手成为伉俪。

　　我在部队任指导员时还不到25岁，而连队的排长们都比我早当兵四五年，那个指导员真的是不好干。一次我曾向已经升任师副政委的老主任透露了自己工作上的难处，说一个副职因为没当上正职，心里很不平衡，背后爱搞"小动作"，明里暗里的常出难题。张主任似乎也经历过"此难"，耐心地给我做工作，要我小事不去计较，多为对方想想，多做感化工作，团结好一班人对于做好连队工作非常重要，而且这也是一种锻炼。并且还向我讲述了当初他是如何当指导员，以及后来如何尊重和团结"三支两军"归来的几位老副主任一起共事的经历。我记住了张主任的话，懂得了"胸怀"和"情怀"对自己和他人的重要。

　　张天郁主任离世后，从悲痛中走出的富淑礼大姐满含深情地写了一篇追思丈夫的文章。正是从这篇数万字的娓娓倾诉中，我才知道了张天郁主任遭受糖尿病引发的皮肤病折磨已经多年，他的家庭也曾经遭遇一连串的不幸，但在他的坚强"带领"下却又一步步地都挺过来了：张主任刚70岁那年，因肝病曾一连住了半年医院，其间还被医院下达过"病危通知书"；20年前大儿媳患了尿毒症，为做换肾手术，家里欠了一大笔债，后来大儿媳又做了大面积乳腺癌切除手术；祸不单行，就在几年前，小儿媳也查出了癌症……富大姐在文章里说："在那段困难的日子里，天郁首先从自己做起，挺起胸，昂起头，直面病痛和家庭的遭遇，带领全家老少三代团结无私，真诚相扶，硬是把愁苦的日子过出了笑声，一步步走出了困境。"

通过这篇文字，我明白了，我们的张主任为什么能够两次获得国家民政部授予的"和谐家庭"和国家民政部、解放军总政治部授予的"先进军队离退休干部"荣誉称号了！

尊敬的张主任，安息吧！也许您已经看到：您走的那天，老老少少有那么多人冒着严寒为您送行；您走之后又有那么多人在深切地怀念着您——为一个平凡的人，一个在平淡的人生路上手留余香的人。

2016.3.30　北京

山歌水韵酿诗情

童年是明亮的星星,多少年了,每到夜晚就在我心宇闪烁;童年是嫩绿的柳笛,暑来寒往,每临春天就在我耳边歌唱。

童年是静夜的梦,迷离奇幻;童年是金秋的果,馨香甘甜。我爱我的童年,我爱哺育我童年的故乡。

我的故乡,到处是山。春天来了,那满山的野花争相开放,像夜空的星星总是不停地向我微笑、眨眼,又像那亲密无间的小伙伴,一次次为我驱逐幼年丧母的悲哀和孤寂,为我带来无尽的柔情和温暖。放学了,牵上我可爱的小山羊,哒哒哒一口气登临山顶,眼望浩荡而至的黄昏或远天飞溅的云霞,有时竟情不自禁地高喊几声。暑假时,常常一个人跳进流韵潺潺的山溪中,任撩起的清波尽情沐浴千般情趣。就连和姐姐一起上山拣柴,也时常以山岩为隐,荆丛作障,开心地捉会儿迷藏;偶尔还能发现松鼠缘枝的灵巧和刺猬滚下山坡的景观……

《我的家乡》,原是小学三年级时语文老师出在黑板上的作文题目,也是我第一次学写作文。记得那篇作文写得很顺手,好像没费什么劲,一口气就写了一千多字。因为,我对家乡的山山水水太熟悉了,那一桩桩风情轶事太有趣了。作文是怎样开头,如何展开,怎样结尾的,早已记不起来了。只记得里边写了巍峨连绵的群山，山上峥嵘的草木，丛中迷人的野趣；以及摘酸枣扎破的手指，能涩掉舌头的山柿，还有看山老人那一声声唱歌般发自肺腑的呼号……无数奇闻巧遇，不尽难解情思，物态心影，都泉水般汩汩涌流出我的笔端。

肯定地说，那构思，那语言，都是十分幼稚、平淡，甚至连主题也朦胧不清，还有被老师改过的错别字。可万没想到，老师竟给我写了很高的评语。大意是：选材真实生动，富有生活情趣，语言流畅优美，读后可使人生发出山水可爱，乡情依依的韵味……而且，老师还在全班朗读了我的作文。我个头不高，好像是坐在前二排，当时看不见所有同学的表情，只觉得教室里静得出奇，除了老师抑扬顿挫、富有感情的朗读声音外，仿佛再也没有什么人似的。前面和身旁的同学还不时地看看我，我有点不好意思，可心里却是美滋滋的。

因为那是自己的劳动成果，是我第一次受到老师这样的肯定和嘉许。尔后，同年级的其他班和高年级班的老师也相继把我的作文拿到他们班去宣读或评析。

这就是我的第一篇作文，也是我的第一次小小的成功。它启迪了我，鼓励了我，从此，语文老师好像发现了什么似的，对我格外钟爱。那时，我真像一匹欢快的小马，在童年想象的旷野里奋蹄驰奔。

可是，就在我刚读完四年级的时候，一直认为读书无用的父亲竟说什么也不容我上学了。尽管老师三番五次地做工作，但最终都未能使我摆脱辍学的厄运。我失学了，老师为我惋惜，同学为我惋惜。他们并没有忘记我。两年后，还是老师来做父亲的工作，直到答应了免除所有学杂费之后，父亲才允我重新走进了学校的大门。

在辍学的两年里，我要去野外割牛草，要上山拾柴火，有时还要在家做饭。但我无时不在眷恋着我的老师和羡慕着我的同学，眷恋着那并不明亮的教室、教室前的那排洋槐树,以及满树的清香和枝头鸟儿们的鸣啭,更没忘记离校时老师的叮嘱:空余时间别忘了读书。记得我复学后的第一篇作文,老师又在课堂上作为范文读给同学们听。

正当我沐浴在一片阳光下,并决心将来要"有所作为"时,"文革"开始了。有所作为被认为是成名成家的同义语,而"成名成家"就是资产阶级世界观。一个个有所作为的老师被批判斗争,一本本好书被焚作灰蝶……愚昧和无知扬起的漫天尘沙迷蒙了我的双眼。从此,我不再读"闲书",不再"胡思乱想",与"有所作为"彻底决裂,一绝就是14年。这14年,正是我生命蓬勃、获取知识的美好年华啊!可惜,我失去了,永远地失去了。直到1980年春节一次聚会时,作家张同吾老师发自肺腑的一席谈,才开启了我闭锁已久的心扉。从此,一种升腾着的莫名心绪,常常魔也似的诱惑我,催促我,重新拿起笔,从小学生开始,在文学的小路上蹒跚学步……

"我是一只晚飞的笨鸟,我的心对着希望歌唱。"希望,是给灵魂以光明和温暖的太阳;希望,引诱我在文学的天宇中不断寻觅。那希望就萌芽于我的第一篇作文,也复苏于我的第一篇作文的成功。真的,第一篇作文万岁!我曾经想。

诗情歌韵洒草原

——赴甘南、川北作家采风团散记

甘南、川北的如瀑阳光和淳澈的流风，经不住嘀嘀嗒嗒八月的蛊惑，直把个千里草原洗刷得如出浴少女，令人炫目。

这里，天蓝得透明，地绿得醉人，羊群追着白云满世界飘动。中国作家协会组织的作家采风团的出现，更以饱含气韵的生动，给诗画般的茫茫原野又着上了浓浓的一笔。

高原的夜晚，满天星斗晶莹剔透，一颗颗如宝石缀幕，又似举手可撷，直撩拨得采风团的人们一个个乐不思寐；到空旷的野外去，到深邃大草原去，去沐浴那里的风情，去领略触天的篝火。

此次采风团的成员，涉足文坛时间不一，男女老少各有千秋，但一来到这里，大家却都如释重荷般的轻松，似稚童般的天真。仿佛鱼儿游进了大海，山鹰飞抵了高天，谁也不肯错过这天性回归、心灵净化的难逢机缘，每个人都敞开了情怀，大口地吮吸或贪婪地咀嚼这遍野芬芳和满目秀色。

年近古稀的老作家唐达成和高莽，平时他们多少都身染疾患，特别是高莽，上半年曾因腰疾卧床三个月，临行前老伴还一个劲地嘱告同行的吴桂凤老师："可要让他悠着点。"是桑棵草原的篝火太迷人了吧，在一群回归自然的生命面前，老人们哪里还悠得住，与青年同歌，与牧民共舞，手拉手跳了一曲又一曲，直到把个篝火晚会踢踏得疲惫不堪。

途中住宿，我曾与老作家陈丹晨、张少敏二位同卧一室，不管一路怎样的长途颠簸和劳困，我发现他们一天也没忘记对着日记倾吐一路衷肠。从他们的那份极认真的神态中，我深深感到了一代作家对生活的热爱和对事业的勤勉。

说起认真和勤勉，团里有两位作家可谓最忙了，他们忙得竟不给自己留一点闲暇。

一位是高莽。他是作家，同时也是颇有成就的翻译家和画家。他翻译的电影文学剧本《保尔·柯察金》曾经激励过几代人；出于画家的本能所在吧，他走一路，画一路，从"黄河母亲"一直画到红军长征纪念塔，画到九寨沟的诺日朗瀑布，直到随团的每个人，都在他的笔下被速写成笑容可掬的模样。另一位是儿童文学作家谷应。她已临近六旬，但性情却孩子般活泼。不管到了哪里，一见到孩子就格外地高兴，而且总要和孩子们一起乐上一阵。

作家不仅仅塑造人物形象，作家更要生产思想。这话谁说的，记不得了。但采风团边走边看，大家如饥似渴地采集生活矿石，抑或即刻投以思虑之火焰予以冶炼的那股热烈劲，笔者是目睹了的。说到此，收获最大的要数唐达成了。

唐老原是中国作协党组书记和书记处常务书记，22年蹉跎岁月的不公平遭遇和平反昭雪后阳光下的生活，曾经给了他太多的人生艰辛和努力奋发的记忆，此行对草原更是充满了挚情。途中他曾悄悄告诉我，他已初就《甘南行》和《川北吟》两组诗作，有些文章的内容提纲也已拟好。达成老师是一位才力不减当年的作家，果不其然，返京没几天，他便给我寄来了他的随笔《文明下的阴影》手稿。

这是他参观甘肃临夏博物馆时缘一幅殉葬照片而引发出的一声浩叹。这浩叹，有他对黑暗社会制度的控诉，有对不幸者寄予的同情，有对人类命运、人格尊严的呐喊……总之，从这些老同志身上，我看到了一代作家个人品质的优秀和对社会进步的关注。

整个采风活动，老作家充分展示出他们创作底蕴的深厚和思想内涵的丰富，不愧为曾经叱咤文坛的一代。而几位年轻人呢，他们一个个敏锐的文思和随时都会飘飞跳跃的心绪，以及各自的性格特点，给大家也留下了难忘的记忆。

所谓年轻，其实他们最小的也有39岁，尽管这年龄已经不是青春吐绽的花期，但从文学创作的意义看，却又恰为丰收的季节。所以，他们说，他们笑，他们唱，他们跳，他们每一个人都快乐成了奔跑的音符。

徐小斌：一位新派且名气不小的小说女作家。一脸的顽皮相，说她笑声像铃铛，歌声洒一路，一点都不冤枉。小斌博学强记，肚子里像揣着个知识库，古今中外，天文地理，她几乎无所不知。游黄龙景区时，唐达成先生曾随口吟咏一诗，当我等尚未完全听清时，小斌却像录音机般地背诵了一遍。

孙德全：他散文写得不错，一篇《家有懒妻也是福》曾让很多读者伸出过赞叹的拇指。这次活动，他既是团员，还兼事一些杂务，一路很辛苦，管吃管住还管娱乐，大家说他很累，他说心里很高兴。他爱幽默，也善幽默，他曾幽默得让我等几人捧腹、流眼泪，而他却装模作样，自己一点都不笑。

吴志实：曾以甲乙为笔名，在全国各大报刊可是发表过不少杂文随笔。老吴像个智慧型人，徐小斌为他"看手相"，说他将来可成大事，四十七八岁能交好运。这种先卜先知的事，本来就属于调侃、逗乐、开心，信不信由你。

刘庆邦：今年《小说选刊》第二期刚选他一篇小说《小呀小姐姐》。庆邦的小说在全国已很有影响，平时他不多言语，但心里有数，心地也好。《小呀小姐姐》似见他心灵的一片投影。

于君：善写散文，此行数她年龄最小，被大家称为靓女。于君还是我的山东老乡，只隔一座泰山。是乡音震荡的效果吧，我们似乎很投机。于君性格沉静，心善且细，一路总是为他人想得多。她说去日本几年，才回来，感觉中国变化很大，进步很大，对文坛现状知之甚少，所以还要努力适应一阵。

这几个年轻人，好像早就相知了似的，脸上不伪装，心里不设防，一见面就打开了心闸，让各自的心泉化作潺潺流韵汇聚、流淌。交流生活，交流创作，交流各自的见闻，交流大千世界的五彩缤纷，交流心中的万水千山……心灵与心灵融合，情感与情感碰撞。就这样，真淳的友情便在这融合与碰撞中不知不觉地生长，葱郁。

十四天的采风活动弹指即逝，无数个美好的感觉或偶尔的不愉快也早已镂上每个人的心壁。每当凝望夜空那浩茫的灿烂星空时，我总想，那一定是谁在撷取一滴魅人的晶莹，抑或谁的心中又一个给灵感以启悟的光点正在闪烁吧……

1995.8 北京

石匠二哥

街坊邻居们都知道，我们姊妹七个，一大家子人，主要靠母亲给人纺线织布才得以维持的，家里不能没有母亲。母亲的病尽管很重，全家人谁也没有想到她会离开我们，所以，什么寿衣呀，棺材呀，墓穴呀，都没有做任何准备。

母亲病故了，一切都很仓促，只好用一个简单的棺材入殓，也没有埋葬，只是用土坯丘在了一个地头，准备等墓穴修好后再行下葬。

在为母亲修造墓穴的匠人中，有一个要我叫他石匠二哥的人待我特好，给了我难忘的记忆。

那年，石匠二哥还不到20岁，却已心灵手巧。一天，我见他正在雕刻一块石板，他便告诉我，这是墓穴的门楣。我问这是什么花？他说，这不是花，是云，是白色的云。你母亲心地善良，一生劳苦，有了这片白云，就会有一位神仙时刻立在这云的上边，保佑老人家在冥间永远不再吃苦受累。

我真的相信了。直到母亲移葬时，都护着不愿让人把那墓穴的门楣埋住。

我之所以喜欢石匠二哥，还由于他对我特别好。每次，不管是上工走去，还是下工回来，只要我俩一起走，他都要背起我，或者让我高高地骑坐在他的肩膀上。有时我没去工地，只要他快收工时，我就一个人跑到胡同口，眼巴巴地等他回来。只要他一露面，便飞快地扑上去，双手挂在他的脖子上，说什么也得打会儿秋千才肯让他走。石匠二哥也从未拒绝过我的要求，有时他很累，即便坐下休息，也能答应我坐到他的两只脚上，让他上下抬几个高高。

那时我们家虽然贫苦，但对为母亲修造墓穴的匠人们照顾得还是很好的。记得那些专为匠人们做的好吃的饭菜，比如白面馍馍呀，小米面的煎饼呀，还有什么菜呀肉呀的，不要说哥哥姐姐们吃不到，就连我这最小的也不许沾。每当吃饭时，石匠二哥只要看见我，准会把我叫到跟前，夹一些饭菜什么的，装在小碗里端给我。有时哥哥姐姐们见我吃匠人们的饭，就用手指划着耳根羞我。每当这时，石匠二哥就护着我，并安慰说，这是二哥省下给你的，没事，吃吧。

很快，母亲的墓穴就修造好了，石匠二哥也该走了。

石匠二哥走的那天正下小雨，我舍不得他，一直送到村口。临别，我竟扑上去，死死地搂着他的一条腿不放，非要他把我带走不可。于是，大人们就哄，说石匠二哥就住在姨家的那个庄子，过几天他还会回来的。

石匠二哥走了，从此我就再也没有见过他的面。只是到后来才知道，石匠二哥也是年龄很小就失去了母亲。或许正是他理解一个过早失去母爱的孩子的心灵期望所致的缘故吧，所以他才把自己的良善，化作点点滴滴的关爱，真诚地送给了我，送给了一个和他一样自幼就失去了母亲的人。

闫姑,你在哪里?

我出生在阳历十一月中旬。是因为天气冷,冻的?还是由于母亲的奶水少,饿的?据说,我一生下来就哭,有时哭得简直惊天动地,并且由此还招来一场被母亲扔在雪地里,险些被冻死的经历。这是我刚记事时,两个姐姐对我讲的。

两个姐姐都很怀念母亲,她们的话我信。此事,后来我曾问过二哥和二嫂,他们说那是瞎说,没有的事。不过,当时我听了姐姐们的讲述,并没感到有什么不幸,甚至当成了好玩,当成了故事。

那是我出生两个月后寒冬季节里的一个下午,雪花无情地击打着鲁西南大地。那天,父亲和母亲又吵了架。父亲摔门走了,留在家里的母亲、两个姐姐,还有对世界上的一切都感觉混沌一片的我,简直哭成了一团。母亲不想活了,可看看幼小的我,似有一种难舍的牵挂正撕扯着她的心。母亲把自己关在屋里,先是一个人哭了半天,最后索性把我一丝不挂地放在了院子里的雪地上,想先把我冻死后她再寻死。

两个姐姐见了,哪里舍得,立刻跑上去,想把我抱进屋里。已经决意寻短见的母亲哪里肯依,不许姐姐们走近我半步。

姐姐说,我躺在雪地上,嘴里哇哇直哭,手和脚拼命地挣扎,一双小眼睛无助地乞求着。开始身体发红，后来就有些发紫，最后连声音都哭不出来了。两个姐姐实在不忍心再看下去，她们就一起跪倒在母亲面前，放声大哭起来。

哭声惊动了从我家门前路过的闫姑。她想进家门看看怎么回事，可大门倒插着，她便不停地敲起门来。大姐见有人来了，不顾母亲的阻拦，立刻跑去拨开了门闩。闫姑见我躺在雪地上，赶紧把我抱起，解开她的棉袄，把我揣进她怀里暖了起来。闫姑那年才十八岁，还是个没出门子的姑娘啊。

在闫姑温暖的怀抱里，半天我才有了哭声。我得救了，是好心的闫姑救了我。后来我长大了，也只是听说了闫姑这个名字，知道她虽然也姓张，却早已出了五服。后来又跟随她的父母迁移到东北定居，几乎就没有回来过，很多人都模糊了她的模样。

我算了一下，如果闫姑还健在，她也是快七十岁的老人了。要是知道了她的下落，不管路有多远，我一定要赶去看望她，还要跪倒在老人膝前，感激她当年的救命之恩。

他心中有个妩媚的春天

——记著名文学评论家张同吾先生

36年前的一个傍晚，一代文豪郭沫若在自家门口热情地领进了一个等候多时、前来求教诗艺的少年；36年后，这少年跻身文坛，很有名气，而且名气正不断扩大。他就是著名作家、文学评论家张同吾先生。

51个沉重的年轮在他额头碾下了深深的辙印。那辙印，蕴藉敏锐，蕴藉才华，创作的欲望和灵感仿佛随时都在跳荡而出。

1983年，同吾先生是从北京一所高校中文系调中国作协创作研究部专门从事诗歌评论和诗歌理论研究工作的；同时，他还写小说评论，间或也进行小说、诗歌、散文、报告文学的创作，人们称他是多才多艺的多栖作家。他的评论集《诗的审美与技巧》《诗潮思考录》《小说艺术鉴赏》，以及诗集《听海》，小说集《不只是相思》等已相继出版。著名作家丛维熙赞誉他的评论文章写得公允真诚，逻辑清晰，条理分明。文章立意新颖，文笔朴实无华，字里行间飘溢出一种淡淡的墨香。

同吾先生是河北乐亭人。自少年时他便迷恋文学，但不是那种少年得志的骄子。上学时，他无数次地投稿；工作后，也屡试笔锋。而所有的编辑部都吝啬得不曾把他的手稿变成过半个铅字。后来"文革"开始，他的作家梦也随之破灭。

"四人帮"倒台了，春风吹绿神州大地。那时他在北京通县的一所中学执教，他要把心中感知的春天告知世人。多年孕育，一夜分娩，一首百多行的抒情诗《描春图》翩然而落，不久便在《北京文艺》（《北京文学》前身）发表。这就是他的处女作，时年他已38岁。提起这一段，同吾先生不无感慨地说，是够可悲的，但也许正是由于那段经历，才使他更真切地感知生活，体察社会，从而丰富了自己的思想底蕴和文化积淀。

　　我和同吾先生相识已久，那时他老少三代挤住在同一间临街小屋，室内满是书报杂志，来了客人几乎没有坐的地方。一张书桌，他与两个儿子划时间使用：晚10点前属于儿子做作业，10点后，有时整个通宵都归他所有。当时，我简直不能相信，那蕴含翩翩诗情、融融画意、飞扬四海的佳妙之作是产生在这狭小的空间里！

　　艺术的评论应该是评论的艺术。同吾先生时时这样要求自己。在他行云流水散文诗般酣畅的笔下，有对中青年诗人和作家各自不同的创作道路和艺术风格予以充分肯定和实事求是的评价，有对青年诗人和作家大胆真诚的艺术探索予以的热诚赞扬，也有对彪炳时代的文坛泰斗们的讴歌。这充分表现了他兼容并蓄、共存共荣的艺术观。

　　他不轻易动笔，每写一篇评论都要仔细阅读原作，为正确把握好作品，有的甚至要反复阅读三遍以上。经他评介过的作品，提得起，立得住，有不少曾在全国获奖。如刘绍棠的《蒲柳人家》、汪曾祺的《受戒》、邓刚的《迷人的海》……迄今，他已有200多万字作品飘扬在全国200余家报刊上，有不少作品还被异国他邦的报刊转载。著名诗歌评论家阿红称他是有主见、有创见的评论家，他的诗观是成熟的理性；诗坛大师艾青说他评论过的《大堰河，我的保姆》是诸多评论中自己最中意的一篇。

　　同吾先生患有严重的脉管炎，每到冬天就疼痛难支。1987年那次惨不忍睹的大手术，并没有完全减去他的痛苦，更没有撕毁他事业的心图。现在他有了书房,他依旧如牛耕田、马拉车一样,勤奋地笔耕着……

"文学,作为爱好和兴趣是美妙的,但作为事业,却是艰辛而严峻的。在山重水复、云弥雾漫的艺术王国里遨游,在鲜花盛开而又荆棘丛生的创作道路上攀登和寻觅,寻觅艺术的奥秘,寻觅人间的真善美,寻觅通往心灵的金桥,同时也寻觅自己。"同吾先生以自己的感悟这样说。

1990.11 北京

窝棚夫妻

北京。石景山区某居民小区院墙外的一个拐角处,有一座用木棍、草帘、塑料布搭建的窝棚,里边居住着一男一女,人们称他们为"窝棚夫妻"。

沐春风夏雨,历金果秋虫,据说他们在这里已经居住了不少时日。

他们缘何来到这里?他们的生存状况如何?途经此处的人们不禁抛去了好奇和疑问的目光。

原来,这对夫妻来自湖南,靠弹棉花、打被套维持生活。下边的一段对话,也许正是人们了解他们的窗口。

"打一床被套要多少钱?"

"四斤以下12元。"

"多打几床能优惠点吗?"

"行。你去拿吧。"

有好事者便趁机相问:"活儿多吗?"

女主人回答:"还行。多时每天五六床,少时一两床。赶上刮风下雨就得停下来。"

"你们是常年住这里吗?冬天怎么办?"

男主人接话:"我们每年11月份就去南方,第二年三月再回来。"

"这弹花机、这被套模型架？——"

"这些都不拿走，一起存放到这里。我们在南方还有一个点，那里有现成的工具，不用来回带。"

正说着，女主人怀抱一男孩，手牵一女孩从窝棚里走来。

"这是你们的孩子吗？"

"是。老大5岁，是个女孩，老二3岁，也是女孩。这个最小，是儿子，还不满周岁。"

"三个孩子，这不是超生了吗！"

"是这样。所以老三的户口至今还没有上，而且被罚了款。"

"这里怎么只有两个孩子？"

"老大在家，由爷爷奶奶照看。我们正准备把老二送人，那样儿子就能上户口了。"

此刻，老二听说要把自己送人，一对小眼睛望着眼前的陌生人，生怕自己被立刻抱走似的紧搂着她妈妈的腿不放。

"你愿意离开妈妈跟别人走吗？"小姑娘不说话，直往她妈妈的身后躲。

"挺好的孩子，为什么要送人？不怕她被人虐待、嫉恨你们吗？"

"顾不得这许多了，否则儿子的户口……"

"户口真的比女儿重要？"

"女儿重要，儿子更重要。不然儿子就永远没有户口，就分不到田，将来上学、娶妻……都是问题。关键是家里如果没有男人，就没人养我们的老，就要受欺负。我们那里是山区，时下的民风民情就是这样。"

人们无法考证这对夫妻的话是否真实。但他们确实超生了孩子，生活的负担确实很重。但愿他们不要再生，更不要把自己的女儿送人。也愿他们赖以生存的那片土地上的陈风旧习和重男轻女的传统观念，在人们心灵上投落的阴影，能够早日被人类社会的进步之光照亮。

2001.10

我说"小石头"

"小石头",就是那个《父亲进城》的小说作者,他叫石钟山。那《父亲进城》不久,就被人改编成电视剧,叫作《激情燃烧的岁月》,直到现在,不少电视台还在播放它。

我和"小石头"认识的时候,他还不满20岁。他个头不高,长得虽然瘦小,却很结实,所以,从那时候我就管他叫"小石头"了。

19年前的"小石头",爱幻想,爱写诗,诗句很特别,有人说怪怪的。用现在的话应叫作"前卫"或者"新潮"。

我俩是在空军部队举办的一个文学创作培训班里相识的。我们和另外几个人同睡在一个大房间里。他选了一个角落。同屋的人,大都天南地北东拉西扯地爱聊天。"小石头"却不,他常一个人静静地躺着,还不时地望着屋顶发笑。笑多了,有人就说他发神经。后来我就问他,你一个人想什么好事,为什么总爱发笑?"小石头"认真地说,他看到了家乡,看到了自己部队所在的草原,看到了很多很多好看的好东西,是它们在逗着自己笑。接着他便构思小说,结果一篇短小说《热的雪》真的就出笼了。后来就登上了当时被我等认为文学的最高殿堂《解放军文艺》。可知,在那个学习班里我们共有9个人,所有写出的作品当时只有他一人的被选进了这"殿堂"呀,而且他还是我们中间年龄最小的一个。

那时候的"小石头"曾对我说,他准备写到25岁,行就写下去,不行就转行,绝不瞎耽误工夫。

文学创作培训班不久就结束了,我们又各自天南地北。几年后,我就转业到了地方。

那个颇有才气的"小石头"怎么样了?一天傍晚,我和妻子正在附近散步,忽听有人在喊我的名字。循声望去,呀,这不是"小石头"吗!

这时候的"小石头",模样如故,依旧那样朴实、憨厚。不了解情况的人,谁也看不出他是一个高级干部的孩子。

"小石头"告诉我,他到解放军艺术学院上学来了,是文学系。

这5年你走过来了,看样子已经成功如愿。"小石头"则回答:我设定的第2个5年才刚刚开始。

周日,于是我就请"小石头"来家做客。他说好久没有吃饺子了,很想。好,咱们就包饺子。而后,我也常去"小石头"的宿舍看他。他便不断把自己的新作拿给我看。我对妻子说,"小石头"文学创作的前景很广阔,至今还独身一人,帮他物色个女朋友吧。

于是我们就想,我们就挑。是缘分未到吧,先后介绍了两个都没成。按说那两个女孩也是很优秀的,都是名牌大学毕业。听说后来她们一个去了美国,一个成了一家报社的记者。其中有一位,一次还打长途电话问我:写《激情燃烧的岁月》的石钟山,是那个石钟山吗?

再后来,"小石头"毕业了,为工作,在京城也山山水水、跟跟跄跄地奔波了好一阵。当然,他也找到了自己理想的伴侣。结婚时,他们还专门到我家来过。"小石头"告诉我,小祁(石钟山爱人姓祁)是一家出版社的编辑,很有才气。后来她的散文还经我手发出几篇,果然不错。

"小石头"离开"军艺"后,我们已多年没见。今年春,一次朋友聚会,我们又相遇。长长短短的话,自然是少不了的。

"小石头"从部队转业已经几年,"混"得不错,自己买了房子,有了车子,还得了个宝贝女儿。那天他开车送我到家门口,临别,他约我找个机会,带上嫂子(他一直管我妻子叫嫂子)到他亚运村的新家看看。

和"小石头"道别了。回到家,妻子问那个送你的人是谁?我说是"小石头"啊!

"小石头!"你怎么不让他进家来坐坐!说着,朝后背就给我一拳。

1994.3

心中有静气　冷眼量风物

——著名作家杜卫东印象

20世纪80年代末，初夏时节的一天，曾为部队战友和小说作家的时明兄打来电话，说有位朋友请我们看演出，约我同去。

那是一个温馨而恬静的傍晚。晚霞正被夕阳涂抹成酱紫颜色，鸣啭在绿荫的鸟儿们也渐渐收腔。当我们相约到了剧场门口，只见台阶上正站着一位青年，高高的个头，挺直的腰板，一身素洁装扮，英俊潇洒，好惹人眼。时明介绍，这就是邀我们来看演出的作家杜卫东。

初次相见，并未寒暄多少。可从此，杜卫东这个名字以及出自他笔下的一篇篇美文佳作和关于他的一些故事，便不断来袭，让我学习，令人羡慕，不由肃然起敬，继而断断续续地对他特别关注起来。

为人：他诚信友善，低谷纳流

卫东也有一段当兵的经历，是被接兵首长看中的文艺兵。在4年的军旅生涯中，有不少亮点至今依然在卫东生命的角落里闪耀：他代表朝阳区3千新兵在告别大会上发言；他第一次戴上领章帽徽时学着雷锋的样子在火车上做了一路好事，直到下火车了，还把一位年迈的农村老大娘护送出站外；为搞好文艺创作，他下到最艰苦的连队体验生活：打坑道、挑石头、出勤务、站岗、军训……半年后，当那个被山风和太阳濡染成黑小子的卫东重新回到宣传队时，他不但获得了领导和队友们的称赞，而且也为他的文艺创作疏通了气道。不久，他的作品不仅受到了队里的好评，而且还变成铅字，登上了《吉林文艺》《江城晚报》等报刊。卫东说，我这一生也许会忘记很多，但当兵时所经历的许多事却是铭记在心的，因为"如果没有那一段岁月，我的生命肯定不会有现在的厚重，也不会取得后来的成绩"。当然，卫东更不会忘记的是那些从创作到生活给过他帮助的部队领导和战友。

卫东的朋友的确很多，有名震文坛的知名作家，有正值旺年的后生晚辈，也有普普通通的市民百姓。他生性不忮不求，历来不攀不附，完全由自己的喜好交友，凭真诚朴实为人，在文学界口碑颇佳。文坛大腕蒋子龙曾经有言：杜卫东是一个可以制造奇迹的人；结识卫东30年之久的古诗词作家朱小平侃侃而谈：当年卫东大觥畅饮，极有豪气，而今戒酒烹茶，鼓吹养生，不过，情怀依旧，风采依然；作家华静连连称道：卫东文好人好，受人敬重；程树榛、柳萌等老作家说起卫东更是赞不绝口：卫东是一个纯粹的人。勤奋，高产；待人接物温厚、真诚；他乐于扶持成长中的年轻人，更不忘曾经帮助过他的老同志。卫东还是一个淡泊名利的人，半生为人作嫁，工作上有"拼命三郎"之称，却从来没有为个人的晋级、提升、评奖找过任何一个人，向上级提出过任何一点要求。退休三年后，他主动辞去了中国作协全委会委员和中国作协报告文学委员会委员的虚职。

了解卫东的人知道，他的悲悯情怀、普世心境的确很"严重"。行走在路上，只要碰上有乞求的老人或孩子，他会毫不犹豫地伸出援手。他的老同事毛成骅先生曾经讲述，为拍摄《小说选刊》生存状态的系列封面，他们曾"闯进"了一个都市的角落，看到了意想不到的一幕：正值元宵节，几十人拥挤在一处等待拆迁、肮脏且很狭窄的荒院里，正架锅煮粥。他们中有流浪者，有乞讨人，还有的是来京上访的，大多是老人，有的还带着孩子。卫东看不下去了，立即泪流满面地转身离去。开始成骅以为卫东是怕刺激要离开这里了，没想到卫东却进了一家超市，买了一大堆挂面、元宵和爆竹，立即送到那荒院里，交给那些"煮粥"的人们。临走又把身上仅剩的三百块钱留给了他们。

卫东喜欢孩子，多么希望自己的儿子能早日成婚生子，自己也享享天伦之乐。可儿子有儿子的事业，有自己的主见，父命难从，导致卫东见了街上的小孩儿就想多看几眼，甚至情不自禁中想抱一抱。就为这，卫东还闹出个笑话。一天上午，卫东如往常一样出去跑步锻炼。在小区门口，见有个十一二岁的男孩也在那里蹦蹦跳跳地锻炼。卫东便问：是锻炼身体吗？走，跟我去跑步吧。孩子毫不犹豫地就跟卫东一起跑步走了。大约20多分钟后，卫东和那孩子又一同跑步回来，刚到小区门口，便立即被警察拦住，且再三盘问。原来，当时那孩子的妈妈进超市买完东西出来后，发现儿子不见了，便着急起来。有看见的人告诉她，孩子是跟一个男人走的。儿子会不会被人拐了？担心的妈妈便立即报警，所以就有了卫东被再三盘问直至警察在网上查证后，方解除误会的一幕。

在我和卫东交往的近三十年里，深知他为人的厚道与做事的周密。十年前我曾奉命去沙特北方省采访过一个按合同在建的水泥项目，回来后写了一篇3万多字的报告文学。报告文学是我的短板，很难说能写好。发表后我想请卫东这位报告文学、纪实文学的大家点评一二，以便从中受益。卫东满口答应，不到半个月，竟写成一篇3000字的评论。不久，该文就在《文艺报》予以刊出，并且得到了朋友们的好评。

为文：他尚美求道，多路亮剑

杜卫东的勤奋、才气，很多方面体现在他的文学写作上。自19岁开始发表作品，迄今已有500多万字面世，结集出版30多部著作，有不少文章还被收进了中学生语文课本和语文阅读教材等，被选入"年选"和各种选本的文章更是不计其数。

熟悉卫东的人知道，35岁前他就出版了《青春的思索与追求》《走出人生的梦境》等多部杂文著作；他的报告文学和纪实文学《外交部里的小字辈》《京都女警》《中国的恋爱角》《都市里的保姆世界》《第三者启示录》《中国人口大浪潮》《北京城里的"吉卜赛人"》《昨夜星辰——当代青年自杀备忘录》《洋行里的中国女雇员》《世纪之泣——艾滋病的现状、未来与思考》等，也是相继生成在我国改革开放初期。由此，可见他对现实社会生活的敏感、观察的细致与思索的宽度及深度。秦牧、于浩成、林非等著名专家和学者对卫东的作品都有过很高评价，认为他的作品从宏观性与历史性的高度，对社会变革中的阵痛、矛盾、变异予以把握，使作品具有丰厚的思想容量和信息量。对笔下的问题、事件及人物持一种冷峻的审视态度，不乏新颖独到的议论和启人心扉的见解。

读卫东作品不难看出，卫东是一个热爱生活、忠实于感情的人，他的作品，无论是犀利的杂文还是精美的散文随笔，细品都能看到当代社会"生活"赐予他的挥之不去的影子。比如有一段时间，他在街上晨跑，见一白衣女孩总是冲他微笑，于是就有了散文《永远的微笑》；再如，20世纪80年代初，他原想把自己只有40平方米的房子装修改造一下，使其能像个"家"的样子。第二天装修队就要进家来了，傍晚时分，无意中他听到了阳台上的鸟鸣。循声望去，见一只灰黑色的鸽子正卧在一块木板下孵蛋，怜悯之心油然而生：珍爱生命，取消装修！于是《明天不封阳台》便很快流出笔端。后来，这篇承载着卫东一片爱心的美文还被选入苏教版的中学语文课本。

说起卫东的小说创作，除了他的一些短篇之外，早些年就有《吐火女神》（即《右边一步是地狱》）出版后3个月就再次印刷、发行量颇为可观的记录，但最绕不开的还是他退休后创作出版的70多万字的鸿篇巨制《江河水》（与人合作）。这是一部激荡着"伟大心灵回响"的工业题材小说，是由卫东在职期间创作的一部报告文学衍化而来。小说通过江东港起落兴衰的命运，塑造出一批踏平陷阱、勇于探索、追求理想之光的时代人物，为喧嚣的尘世注入了一股清新的空气。卫东曾说，报告文学的属性无法释放他心中的压抑，或许只有小说才能实现他的心志。据悉，《江河水》已经被影视界看好，眼下正由卫东亲自操刀，一部40集的电视连续剧，也许过不了太久，就会与观众见面了。

为事：他倾心尽力，力求完美

卫东曾不止一次地对人说，写作只是他的业余爱好，甘为人梯、为人作嫁衣的编辑工作才是他的正事。卫东这话并非谦辞，除写作之外，他做的"正事"的确很有成色。从部队复员后，卫东先是在一家工厂当工人，因为发表的几篇文章的缘故，他被慧眼识珠的中国青年出版社的编辑老师看中，由此走上了与文字为伍的行当。在他近40年的编辑生涯中，他编发过很多著名作家的作品，也扶持过不少青年才俊。

还在他任《追求》杂志副主编期间，一天，一位青年拿来一摞诗稿给他看。明心慧眼的卫东一下子就看出了这位年轻作者的创作前景，立即选了一组诗歌在《追求》杂志予以推出。情况果然如卫东所料，诗歌发表后，受到了全国大中学生的热捧，因此这青年也成为家喻户晓的著名诗人。他就是人们所熟悉、已逝的著名诗人汪国真。

卫东主编杂志期间，认稿不认人，一些很有名气的作家"遭遇"过他的退稿，一时曾有人说他有点不近人情，但卫东热爱每一个文字，他的编辑水平却是被充分肯定的。那是20世纪80年代末或90年代初的一天，我看见单位里的几个人在争阅一份《光明日报》，原来大家是为一篇转载的文章《毛主席周恩来二三事》。后来我也看了这篇连载，知道了文章来自《炎黄子孙》，接着我还听黑龙江朋友电话里讲，该期《炎黄子孙》在他们那里被报摊加了十倍的价钱出售。

也是这个时期，著名军旅作家权延赤拿着一摞书稿到杂志社找到杜卫东，说一家出版社已经决定要出版他新写的书，希望时任《炎黄子孙》副主编的杜卫东能选发部分章节。卫东看了下目录，又看看《卫士长答作家二十问》书名，觉得书名欠妥。你说叫什么好呢？卫东想了想，马上回答老权，就叫《走下神坛的毛泽东》。第二天一大早，权延赤就给卫东打来电话，说出版社非常满意这个标题。《走下神坛的毛泽东》很快就出版了，发行量一版再版，盗版的更是不计其数。从此，权延赤这个名字也走进了广大读者的视野。

私下曾有人说，杜卫东办杂志很有一套，他办一个火一个，发行量都有明显增长。在《人民文学》任副社长期间，他曾兼任《中国校园文学》社长。在任几年，经过和大家一起"辛勤"耕耘，杂志知名度、发行量都上了一个新台阶。到《小说选刊》任主编时，他所采取的一些"措施"更是令人"想不到"。他曾把杂志封面一改延续多年的老模样，用农民工、用小孩子、用普通人的影像替代；也曾把一篇被漏掉的稿子重新拣回、编发，而且作为头题刊出，结果大受普通读者的喜爱，发行量立刻改观。记得一次会议上，卫东发言时曾说过这样一句话：文学要贴着地面行走。

事后不曾和卫东探讨过此话题,他所主编过的杂志都有令人称道的"曾经",这是否与他"贴着地面行走"的文化理念有关,尚不得而知。

正当写作本文期间,朋友曹怀新转来一篇关于"为什么要提升意识能量"的文章。作者是位经济学家、法学博士。他认为宇宙间存在着一种大意识,即高等意识。所以人才有了高等意识与低等意识之距离:一种是以超越他人为荣为兴,往往满足于微不足道的奖赏;一种则是以助人为荣为幸,心平气静地面对风情万物。纵观卫东的人生阅历,显然他是一个把财富、名誉、成就置于末位的人。正是他内心的一种平静,即便有雷有雨,也会把它化作唤醒沉睡的春雷和滋润干涸的春雨。

2017.5　北京

兴会在京西

——中国作家第五次全国代表大会追记

高耸的北京京西宾馆新楼,是中国作家第五次全国代表大会八百名代表的驻地。这里群星聚会,这里星光灿烂。在心情荡漾的那几天里,作为本次大会的一名代表,我十分荣幸地见到了一些曾经仰慕已久的文学前辈,遇到了分别多年的文学旧友,也结识了不少卓有成就的文学新知。那容颜,那神态,那话语,那友情,一个一个,至今挥之不去。

他就是曲波

六十年代初,一个飘雪的夜晚。邻居家的那只红公鸡已经第二次打鸣了,我还没有睡意。是手里的一部《林海雪原》迷住了一个少年的心:杨子荣、少剑波、小白鸽……一个个光辉高大的形象,一桩桩撼动心魂的故事……曲波是谁?是真名字吗?他现在哪里?我什么时候能见他一面……从此,萦绕在《林海雪原》上的一缕缕不肯安分的心绪,一个个飘来荡去的问号,便牢牢地占据着我心灵的一角。

12月14日会议报到那天,翻看代表名册,见有曲波的名字,心里自是高兴。本想立即去他房间拜访,但贸然打扰,又觉恐有不妥。还是等待时机吧。

那天分组讨论，很庆幸，我和曲波分在同一个小组里。身边的朋友指给我看：他就是曲波。

老人端坐靠墙的沙发椅上，两眼微闭，似在凝视前方，又像思索什么。

曲波不太爱说语，从神态看，像个倔老头。轮到曲波发言了，话到动情处，竟然站起来，边走边说，激愤时，还握拳挥臂。

终于，我走近了曲波。一接触方知，曲波老师是一位非常质朴、率真、热情、和善的老人。我说我是《中国建材报》的副刊编辑，曲波老师连连说知道知道，北京有个"五色土"，你们有个"五色石"，其实咱们离得很近，只隔一条马路。

而后几天里，我与曲波老师的交谈便多了起来。

曲波老师和我是山东老乡，他是胶东人，原名叫曲清涛。15岁参加抗日队伍后，为避免敌人的报复、株连抗日亲属，便改名为曲波。他说当初改名字时是指导员帮改的，没想太多，只是随便找了一个"波"字，竟也巧应了"清涛"二字。再后来便随部队从海上渡到东北去建立巩固的东北根据地去了，于是便有了林海雪原那段情结，后在辽沈战役中负重伤，愈后便转业到了地方工作。曲波老师右胳膊抬举不便，右腿也有点儿跛，他说这都是辽沈战役留给他的纪念。

曲波老师转业时，是位只有26岁的师职干部，有很长很深刻的战争体验。他说他的第三部长篇小说早已脱稿，但不愿急于出版，他要一流的出版社出版，要一流的编辑来编。同时他也谈到了前段时间上演的电视剧《林海雪原》。他说那不是原著的意思，他不承认那是《林海雪原》。当说起有人曾建议曲波写《林海雪原》续集时，曲波气不打一处来，愤愤地说，在我心里只有一个《林海雪原》，没有续集，续集是商人胡来！

曲波老师还告诉我，作代会结束后，他与老伴将去澳大利亚看望儿子，三个月后回来。会议结束时，我是怀着深深的敬意和依恋之情跟曲波老师道别的。我衷心地祝愿两位远行的老人一路平安。

看望张海迪

　　1983年，我曾经在一座容纳千人的部队礼堂里听过张海迪的录音报告，曾经被她所经历的人生苦难感动得泪流满面，更被她与命运顽强抗争的拼搏精神所鼓舞。因此，看望张海迪，便成了这次会上我的一个心愿。

　　其实，想看望张海迪的人何止我一个呢。

　　12月15日，张海迪在她妹妹小雪的陪伴下，来到京西宾馆。刚住下，就有消息传来，说许多作家去看望张海迪了。年逾古稀的老作家杨润身亲切地对海迪说：向你致敬！我是你的读者。你在《今晚报》"心灵烛光"专栏中发表的许多文章我都读过。

　　12月18日下午，又有消息说，听完朱镕基副总理的报告会，张海迪去人民大会堂西北门乘车，在休息厅侧门恰巧遇到朱镕基同志迎面走来，亲切地问候她的身体和生活情况。朱镕基同志问，海迪，我今天的报告大家满意吗？海迪说，满意，我们听了您的报告都很高兴，也很受鼓舞。朱镕基同志微笑着说，海迪，你要说真话呀。海迪赶忙说，真的。并且摊开双手说，您看，我的手都拍红了。再说大家的掌声也已经说明了问题。朱副总理勉励海迪要继续顽强地生活，多为人民奉献好的精神食粮。他还特别嘱咐海迪要保重身体。

　　按照电话约定的时间，我是和部队诗人、老朋友李松涛一起去看望张海迪的。

　　海迪坐在轮椅上，刚化完妆，人很漂亮，精神亦好。与她十几年前相比，几乎没什么变化，甚至更年轻了。

当松涛和我各自介绍过姓名之后,海迪说,你们两位我都知道,《文艺报》还介绍了你们《中国建材报》关心和扶持行业文学爱好者的事。

张海迪每天都要接待很多人,我们不可能与她聊得太久。正说着,有人敲门了,我们只好告辞。临走,与海迪合影留念。

兴会的诗人们

12月18日晚,京西宾馆第8会议室群声鼎沸,座无虚席,与会的近百位诗人代表应《诗刊》社之邀汇聚这里。他们或歌或舞,或言或笑,或抒怀寄语,或即兴赋诗,热烈欢快,直把个"联谊会"弄得波迭浪涌。

公木来了。公木是以他的不朽之作"向前,向前……"《解放军进行曲》而闻名天下的。这位年届84岁高龄的诗坛老人,身患肾功能衰竭,眼下正在家静养,平时任何社会活动都不参加。而这次他来了,是踏着千里冰封的关东大地,由夫人陪伴而来的。

他说:耄耋之年,逢此文坛盛会,无限兴奋。时代与祖国把我们召唤到一起,我们便成为一个集体。细思之,这个在场的"我们",实乃是更大更多的不在场的"我们"——数千、数万、数十万,乃至十二万万人的无穷联系之网上的"交叉点"。这便是我们这个集体的内涵和意义。

话短情长,意在言外。这番话,自是引起了一阵热烈的掌声。

"联谊会"的"待遇"很淡薄,每人除一杯茶水管足之外,每个茶几上只有少许橘子和几只香蕉。很多人都是逗趣地把它们掰作两半、三半匀着边品味,边说笑。

在与会的诗人中间,一位蓄长发、有些干瘦、精神状态却很好的长者很引人注目。来自山东的诗人桑恒昌先生告诉我,他就是四川代表团的诗人孙静轩,与你还是肥城老乡。孙静轩的诗很有个性，自八十年代初我就经常读他的作品，并且留下了很深的印象。身旁的一位诗友还向我介绍，孙静轩先生是一位五十年代就很优秀的诗人，他因耿直、坦率而遭嫉，被错划成"右派"，直到十一届三中全会后，才平反。巧遇这样一位老乡，我产生了很想结识他的兴趣。

孙静轩老师性格爽朗，热情奔放，看似有点不拘小节，其实很看重友情。当我们在一起闲聊，得知不仅是山东肥城同乡，而且我们俩的村子相距还不足二里地的时候，孙静轩老师竟激动地一下子把我抱住，他抱得很紧，口里连连说，太巧了，太巧了！真是没想到，没想到！

孙先生的身世和经历与曲波老师有些相似，他也是十几岁参加革命队伍，后又跟随大军南下，再后便转业在大西南，扎根那里搞建设去了。

是的，我的故乡曾经是抗日根据地，白天日伪军闹、晚上游击队来的日子，人们记忆犹新。仅我们那个小村，听老人们讲就有十几位抗日战士惨死在日本鬼子和汉奸的屠刀下。望着孙静轩先生枯瘦且倔强的身影，一种深深的敬意，在我心里情不自禁地默默生成。

一位作家说，文学从来都是志士们的作为，她与枯萎的精神无缘；文学是我们心中的芳草地，她从来与荒漠对峙……只有文学，才能纯正精诚地引导人们去攀登精神生活的高峰。对于社会的进步与发展，她不可或缺，起着某种不可替代的作用，这是被历史和现实淘洗了的真实。

诗情在温馨的环境里孵化，灵感于沉思睿智中孕育。春天来了，铺展在人们眼前的，将是一个百花灿烂的原野。

1997.1　北京

阎肃兴说《雾里看花》

8月15日下午,笔者因事去著名歌词和剧作家阎肃同志家。交谈中,当聊起头天(8月14日)晚上北京电视台播放的"'94北京音乐台金曲排行榜颁奖晚会"上,由他作词、孙川作曲、那英演唱的《雾里看花》连续5届名列榜首,并荣获"金曲奖"一事时,阎肃同志哈哈一笑,很有意味地对我说:"无意柳,完全是无意柳。"

听了阎肃同志的介绍才知道,原来这首歌创作于1992年。当时中央电视台要举办一场"纪念商标法颁布10周年文艺晚会",晚会由阎肃同志策划并撰稿。运作后期,当时觉得需要有一首分辨真假的歌来进一步充实晚会内容,于是便急就了一首歌词,内容是:雾里看花,水中望月,你能分辨这变幻莫测的世界;涛走云飞,花开花谢,你能把握这摇曳多姿的季节……借我一双慧眼吧,让我把这纷纷扰扰看个清清楚楚明明白白真真切切。歌的名字当初就叫作《借我一双慧眼》。

没想到这首歌一唱便不胫而走,在大街小巷特别是青年中很快流传开来。唱来唱去,又不断被人们演变着,演变成了一首爱情歌曲,连歌的名字都改了,用了开头的一句:"雾里看花"。

阎肃同志还风趣地告诉我,因这首歌,有人还对他产生了误解,说都这么大岁数,怎么也时髦写起爱情歌来了。当然,之中不乏喜爱调侃的朋友们。

阎肃同志于无意中又获得一次成功，这正应了那则：有心栽花花不开，无意插柳柳成荫的古训。我很为阎肃同志亲手植下的这棵正倾泻浓荫的"无意柳"而高兴。

1994.8.20　北京

他们很好，真能帮你做事；他们很坏，总想占你便宜。这就是——

一个乡下妹眼里的北京男人

改革开放，激活了乡下年轻人向往新生活的细胞，他们不再安分于命运对自己身世的定位，不再满足于自己的生存现状。他们东簸西颠，走南闯北，一个个走出了家门，远离了故乡，走进了梦中的大都市。莎仔就是其中的一位外来妹，她正在一位朋友家里做保姆。当得知我是她老家不足10里地的同乡时，一种信任感，一种人不亲土还亲的故乡情结，抑或是一种倾诉的欲望，促使她把自己来京打工，蓄存了几年的心中苦水，一下子倒了出来。

莎仔如是说——

他很善良，没想到却那样惧内

我是在保姆市场上被他们夫妇选来的。那时，我和很多闯京城的乡下人一样，以为北京什么都好，遍地是钱，到处是宝，随便弯弯腰就能发财。来了才知道，远不是那么回事。

那次，我已在保姆市场等了四天。也许是因为我模样好看吧，问的人还真不少，但大都是些年轻男人。一瞧他们那不怀好意的眼神和对乡下人不屑一顾的神态，即使他们说的工作再好，给的钱再多，我也毫不犹豫地回绝了。因为我心里老想着离家时俺娘叮嘱俺的一句话：只身在外，很难。要记住，害人之心不可有，防人之心不可无呀！

那天，眼看太阳快落下去了，自己还没有着落。想想晚上还得去蹲火车站，还要在那一群嗡嗡响的人群里似睡非睡地过夜，心里真有点怕。正在这时，一对四十岁上下的男女走到了我的身边。女人上下打量我一阵，问我是哪里人，多大了，什么文化。那年我还不到十九周岁，高中毕业也不到半年。说起来自己真亏，只差三分就能读大专了。来北京后才知道，北京的高考录取分比我们那低得多。他们这里上本科的分数还不抵我们那的大专分数线高呢。可想想这又有什么办法呢，中国的现状就是这样，总得要有人做出牺牲啊。但我并不甘心自己也像两个姐姐一样那么心甘情愿地和土坷垃打交道，然后就是找男人结婚，生孩子，太没意思了。如果那样，说不定我会被憋死的。

那一对男女是一对夫妻，开一个不大不小的餐馆，想要我去做领位员。领位员就是站在门口，客人来时问一声好，然后领他们到某个座位；客人走时，再道一声"欢迎再来"。这差事倒是不错，他们说还管吃管住，每月工资三百元，试工三个月，合格后再给加五十元。我一看两位老板都很和善，当即便答应了，去车站存包处取了行李，就随他们到了餐馆。

我很感激老板的知遇之恩，干得很卖力。除了含笑热情地迎送好客人外，每天关门后，我还帮着大家擦地，帮着厨师长收拾炊具，因此很受大家喜欢。在我来之前，因为餐馆已有了五个打工妹，所以没几天大家就亲昵地称我小六子。自然，男女老板也很满意我的工作。

就在来餐馆的第四个月头上，我病了。发烧三十九度，几天不退，听姐妹们说，脸黄得吓人，真担心我是得了什么病，她们都催我去医院。可咱一个打工的，才来北京没多久，挣那几个钱，哪里看得起病呀，就那么挺着。男老板看不下去了，他硬带我去了医院，还为我垫付了检查费和药费。

我的病很快就好了。可男老板带我去看病的事，女老板知道后却不依不饶起来，硬说他和我有了什么"苗头"。接着便把我从领位员的岗位上换下来，去做最紧张最繁琐的走菜工。这还不行，那女老板还时不时地拿话敲打我：也不撒泡尿照照自己，癞蛤蟆想吃天鹅肉啊！还有些更脏更难听的话，有时竟当着她丈夫的面往我脸上甩。而那老板呢，连一声都不敢吭，一副窝囊相，好像我们真的做了什么见不得人的事似的。

我受不了啦！终于有一天，我和女老板大吵一场后，愤愤地离开了那家餐馆。

他很小气，竟分分角角地算计我们

有一阵子，我与一同乡姐妹合租一间房子居住。

那是小院里的一间平房。房间不大，摆上两张床铺后，几乎就没有了转身的地方。说好的月租金为240元，可到了月底收钱时，他却硬要我们付290元。根据是他有一本明细账，那上边记录着我们何日何时用电炉烧水洗头，何日何时用他家的水洗衣服，还用了他家的晾衣绳等等。面对这样一个精细算计的人，还有什么可说呢。第二个月刚满，我们就换了地方。可临走时他又要了我们一把锁钱。理由是：那间房子的钥匙已在我们手里两个月，为了安全，也是为了对我们负责，所以必需换锁。

真是没有想到，这个才三十多岁的北京男人竟是这般小气，反正对他没有什么好印象。也好，吃一堑长一智，以后再租房子时，我也长了心眼，把该说的，事先都说定，以防再没完没了地枝上长叶。不过，以后再也没遇见过像他这样吝啬得出奇的男人。

他很规矩，却没能赚到什么钱

在来京打工的日子里，我还遇到了这样一个男人。

他是工人，下岗后开了一家书社。他雇了我，就是给他守摊卖书。他的资本很小，进的书也都是大路货，卖不动，一天下来，"流水"还不到二百元。而且还要从这"流水"里提取百分之六，做我的工资。

其实这老板完全有赚钱的机会，就因为他太规矩了，生意才一直那么尴尬。比如有的书商送来了禁书或盗版书，他一句话就把人家噎回去：去去，这里不干没规矩的事，快到别处吧！其实我是知道的，有的书摊就偷偷地卖禁书，盗版书就更不用提了。这类书成本低，进价也低，平时他们把书藏在摊位下面或者别的什么地方，由卖书人悄悄告诉来者：这里有某某书，您想买吗？这类书可赚钱啦。再比如那一次卖挂历，开始他左顾右看地不想进货，说办照时没有这一项，怕挨罚。后来看人家都卖，他才进货。结果，他进货不久，高潮就过去了，最后所进挂历竟以五五折才勉强处理掉。尽管没赔，可也没赚，白忙乎了一阵。

我承认，这老板的确是个好人。他诚实，可信，待人也好。当他的书社因亏本再也无法经营时，还帮我在别处找了份打工的差事。后来听老乡说，书社关张后，他也给人家打工去了。

他很花心，总想占人的便宜

北京男人有些是很花心的，特别是那些四十岁上下的中年人。他们狡猾、老到，甚至设套子让你钻。我就遇见过这么一个人。

那时我在一家玩具店打工，他是店里的副经理。他能办事，门路广，说话和气，很懂得体贴人，店里有不少女孩都喜欢他。

有时他还请大家吃饭，我也去过两次。

去年我娘来北京看我，他听说后，很热心，主动要我和母亲搬到他家住。早就听同事讲过，他妻子几年前就去了美国，每年他顶多能去那里和妻子团聚一次，剩下的时光大都在家一个人消受空寂。对于这样一个身边无妻室，涉世又深的中年男人，说实在的，姐妹们平时与他说归说，笑归笑，但从心底里还都是留着几分戒意的。我不肯去住，没想到他就跟我去车站，很客气地把我娘接到了他家。

那是一套三室一厅的房子，平时就他一个人住。他安排我和母亲住大屋。想到母亲也住不了几天，再说到外边住旅馆也不便宜，能省就省吧，于是我和母亲商量，答应住了下来。

半个月后，母亲走了。当天我就准备再搬回集体宿舍去，可他不同意，说第二天他要去东北出差，让我帮他看几天房子，等他回来后再搬。我一听也是，人家是副经理，又不是大街上的陌生人，能把我怎么样，再说了，也不能总把人想得那么坏呀！于是便同意暂住几天。

母亲临走的前一天晚上，我和她老人家几乎聊了一夜，临走的当天，我又陪她看了天坛，逛了故宫。我把母亲送走后感觉累极了，回来不到八点钟便倒头睡下。半夜睡得正香，厅里突然传来呻吟声，细听才知是副经理。我想他一定是在外边喝酒了，或者是病了。想想人家对我和母亲照顾得还是蛮不错的，这时候关心一下也是情理之中的事。我赶紧穿好衣服，开门走到厅里。

他半靠着沙发，一副被痛苦折磨的样子。他让我扶他回自己的卧室去，我便照做。没想到他刚挨上床边，便一下子把我抱住了。他好大的劲，怎么也挣不脱。不行，要出事了，我便哄他，柔声说，别着急，先让我去卫生间一趟，回来再说。他松开了手，我趁机便溜出了他家。茫茫夜色中无处可去，那夜，我竟坐着夜班公共汽车，一直转到天亮。

莎仔的经历很令人同情。但莎仔倒是看得开。她说，北京好是好，但总觉得不是我们这些人待的地方。来京后，确实让我看到了另一个世界，知道了不少事，懂得了不少理。现在这家的男女主人对我都很好。他们有文化，理解人，肯帮助人，女主人还教我学习电脑打字。这不，连写信我都用上电脑了。说着，她递给我一封用电脑写成的信。

这是她写给母亲的信，那信上说："娘，您知道吗？主人正教我学习打电脑呢。他们说我心灵手巧，学得快。将来我也准备买一台电脑，带回老家去，当个乡村教师，教那里的孩子们也都能学会使用电脑……"

莎仔，聪明美丽的外来妹，但愿你能好梦成真。

2000.3　北京

一切缘于对诗歌的爱

8月8日，正要吃午饭，张同吾先生的夫人孟繁琛老师打来电话，说同吾于上午9点40分走了。闻之哽咽，悲痛之心难以言表。头天晚上我和孟老师还通了电话，说同吾情况不好，家里人都排好了班，准备日夜守护。

20多天前，我曾去医院看望过同吾。他几乎吃不下饭，偶尔吃进了还会吐出来。他身体憔悴，精神还好，本打算看看他就走，不承想一聊竟20多分钟。实在不愿离开，可又怕他太累，只好四手相握，洒泪而别。

我和同吾相识40多年，我们心相通，语相谐，每每相见，大都叙家事胜于诗事，言自身多于他人，一种晴天雨日都可信赖的友情，随着时光的流逝而愈加深厚。

作为著名的诗歌评论家，张同吾的名字是响亮的，在诗歌界几乎无人不知。早在25年前，同是诗歌理论家的阿红就对张同吾有过这样的评价："难得的是他不执不随，难得的是他不媚不俗。同吾是有主见并且有创见的诗歌评论家，他的诗观是成熟的理性，评论一段时间的诗，他能做出精当的、历史的、有说服力的概括，指陈得失与路向；评论一位诗人的诗，他从多角度观察，从横向纵向比较，他能做出恰切的中肯的评价。""读同吾的评论，常常觉得是一种享受,没有经院气,没有酸腐味,不摆架子,不唬人,有感情,有色彩,有形象,通篇像散文,许多段落又像诗,但终究是评论,寻脉究络,又有严密的思辨逻辑。"阿红先生的评价是很准确很公允的,一个评论家能取得这样的成就,并形成鲜明的学术个性,是很不容易的事。

一个人成为杂家不难,而在许多领域都取得一定成就就难了。张同吾不但是评论家,他自己的散文、小说和诗歌也颇有成就。他当年评论过的小说《受戒》《蒲柳人家》等,都曾引起过很大的反响,有的还上了中央人民广播电台早间的"新闻和报纸摘要"节目。20多年前,继他的诗论集《诗的审美与技巧》(这本书当时印了1.1万册,很快就销售一空)、《诗潮思考录》《小说艺术鉴赏》等颇受读者喜爱的文学评论集之后,近年来又连续出版了他的评论集《诗的灿烂与忧伤》《沉思与梦想》《诗的本体与诗人素质》《枣树的意象和雨的精魂》《青铜与星光的守望》《高山听海音》、散文随笔集《哲学的白天与诗的夜晚》《放牧灵魂》以及书法作品集,《张同吾文集》七卷本也已经面世。作家从维熙说张同吾的小说评论"立意新颖,文笔朴实无华,字里行间飘溢出一种淡淡的墨香",并称赞他的文风有一种阴柔之美。难怪青年作家和诗人们称赞他的评论是哲理风和散文美的统一。当年他的中篇小说集《不只是相思》出版后,引起了许多人的兴趣,蓝棣之教授在读了其中一部小说《爱,不是选择》之后,还兴致勃勃地写了一篇评论,称他的创作是"淡蓝色的初雪"。

张同吾先生的文化积淀是中西合璧,他的文艺观是开放的,他有着自由不羁的灵魂,对人间真善美的追求可以超越世俗的羁绊,充满人性美的魅力。可是在处世之道人格精神方面,又深受传统文化的熏染,比如他对青年朋友们都以礼相待,客气而尊重,却不轻易承认谁是他的弟子,一旦他认可,就不再客气而要求甚严,对你的做文做人全面负责。他从不以名家自居,居高临下。虽然对朋友感情深厚有求必应，但是，他又是寓刚于柔的人，永远不失去自我的人，是个不能任人摆布的人。如果你待他以诚，他一定投桃报李。过去在中学和大学教书，领导都很尊重他，他则以礼相待，恭谨勤学。他群众威信高，能一呼百应。他离开通州已经几十年了，那里至今还流传他的一些故事，有的甚至被增添了许多传奇色彩。

张同吾先生自幼爱诗，终生为诗事忙碌。他既是诗歌评论家，又是一位杰出的诗歌活动家、组织者，为我国诗歌事业的发展、繁荣做出了重要贡献。

20世纪90年代初期，为创建中国诗歌学会，在前无先例、手无分文的情况下，同吾凭着对诗歌的那份热爱和执着，克服种种困难，冲破无数阻力，终于为诗歌界搭建起一座诗的平台——中国诗歌学会（当初同吾先生曾私下对我说，去民政部办理登记手续时需要注册资金，诗歌学会分文没有，他便把自己多年储存的稿费拿出一些，作为开办费用）。同吾担任中国诗歌学会秘书长达17年之久，这是一段漫长的岁月。17年里，无论组织诗人采风，搭建文企联合桥梁、挂牌授牌、研讨诗人作品，还是创建诗歌奖项等，他一桩桩、一件件都做得扎实、细致，方方面面都考虑得周全，并且尽量照顾到各方面情况和诗人们的心情。17年的秘书长工作，倾注了他退休生活的全部心血和智慧。同吾先生为中国诗歌事业所作出的突出贡献有目共睹，有口皆碑。

每当述及中国诗歌学会的工作时，同吾都以感念的心情，不止一次地说起最初那些曾经支持、关心、帮助，与他一起风雨同舟的伙伴和朋友，还特别感谢当年支持学会成立的作协领导玛拉沁夫，老诗人臧克家、艾青、邹狄帆等前辈，以及历届作协领导对诗歌学会的关心并支持，感谢来自全国的众多诗人们的理解和支持，感谢学会几位副秘书长的合作和辛勤工作。

诗歌学会的日常工作很繁杂，外出开会、讲学、各类文学活动和接待朋友等等，弄得他没时间看书写文章，为此他也曾经很苦恼，很无奈。他每年收到各地诗友寄来的诗集达数百册，约评约序者不计其数，他常为顾不上回信致谢而歉疚，而深感不安。但是，他仍然是在极其繁忙中不断挤时间写作，这累累硕果实在难得。最近两年，诗歌界先后逝去几位重量级诗人，情义笃深的同吾心情十分沉重，他为每位过世的诗人都写过感人至深的怀念文章，字里行间无不流露出他的悲痛惋惜之情。可知，这些文章都是他以自己的病躯之体而为之。特别是在诗人李小雨追思会上由诗人海田代读的那篇怀念文章，人们哪里知道，那是同吾在病榻上，忍着病痛，额头冒着汗，一字一顿，分几次才写成的。

今年3月，同吾病了，病情很重。北京乃至全国各地的诗人们得知消息后，有不少人想去看望他。同吾先是瞒着大家，电话里总说是感冒，小毛病，几天就好。后来他住进了医院，也不肯告诉大家。他对家人说，我一生只是缘于热爱诗歌，为诗做了点该做的事情，有点病犯不着惊动大家。大家都很忙，来一趟也不容易。再说了，来看我的人，要么带物，要么带钱，我这一生欠朋友们的太多太多了，以后让我拿什么去回报大家！同吾先生就是这样，为了诗事，为了诗人、朋友，他想得周到，做得细心，辛劳操持了一生。

张同吾先生是一座山，站上这山会望得更远；同吾先生是一棵树，走近这树会感知荫凉；同吾先生是一条河，站在这河边，会发现那种见底的清澈——这是千言万语说不尽的张同吾。

天堂之路也许不再坎坷，愿同吾先生一路走好。

2015.8.10　北京

映日荷花别样红

——访花鸟画家邓锡良先生

国画大师李苦禅的入室弟子中,备受信赖和器重的当属邓锡良先生了。

邓先生铭记苦老临终对他"磨墨就是磨人,作画先要做人"的嘱告,追求画艺的精进,更重人格的高尚。如今其业已荣,却仍谦逊如初。视名利若浮云,偶得雅誉之事,尽归师友之恩。平生为人正直厚道,生活十分简朴。初秋时节,当我慕名前往北京邓先生府宅拜访时,恰遇他正在简陋的卧室、画室、客厅兼而有之的斗室里为其学生点拨画作。

邓先生河北涿县人,年已花甲有四,言谈举止,给人留下一种亲切感。交谈中,我恳请邓先生谈谈自己的绘画成就以及追求艺术的过程。邓先生却认真地说:"我不是画家,我只是苦老的一个忠实学生,是苦老高尚的品格,精湛的技艺陶冶了我。"

投师苦老是一种机缘。邓先生回忆说,那是在北京大学读书时,学校有个美术社,一百多人,当时我担任美术社干事,分管中国画。美术社的同学们绘画热情颇高,但苦于无人指导。后来就商议请一位画家予以点拨。我毛遂自荐,说见过李苦禅先生一面,不妨请请看。没想到大师一请即到,到了就诲人不倦。苦老爱抽烟,每逢授课时,我们就准备一盒烟,讲完课再用三轮车送苦老回家。

苦老完全是尽义务，一分钱的讲课费都没有，而且持续那么长时间，我们连一次饭都没请苦老吃过。现在回想起来真内疚，太对不住老师了。从那时起，一来二往，邓锡良先生就投拜苦老门下为徒，苦老也看中了这位憨厚质朴且聪明好学的青年人。

在以后30多年风风雨雨的日子里，邓锡良先生"视其师之困为己之虑，视其师之难为己之忧，视其师之快为己之喜……待尊师历风波而诚挚如一"。在"文革"年代，一代画师李苦禅被贬去收发室当看门老头，兼收发报纸。邓锡良先生日日前往陪伴、看望，或于晨晖里舞拳漫步，或于木桌前对弈闲聊，使苦老在被遗弃、遭冷遇，十分孤寂的境况下，感受到了温润。

学生敬重老师，老师亦爱学生。在绘画技法上，苦禅大师简直倾其胸中所有，尽向锡良传授。每当见锡良先生画作有了创新，有了精进，大师都高兴地予以题跋鼓励，少则几字、十几字，多则上百字。经苦禅大师先后为他题跋的画作，就达50余幅。

今日的京华画苑，邓锡良先生的写意花鸟画以其用笔洗练，落墨大胆，笔底物象形神兼备和章法超脱而著称。1987年10月，"李苦禅纪念馆"刚在济南建成不久，苦禅大师的夫人李慧文女士，便从邓锡良先生创作的数百幅作品中精心挑选出130余幅，作为"李苦禅纪念馆"开馆的首展；1990年，他的《写意花鸟画技法》一书又获出版；北京广播学院曾为其拍摄教学专题纪录片，在北京和外地的多家电视台播放。

邓先生一生在中学从事美术教育工作，现在已经退休在家，每日除研习画墨外，或受聘外出教学，或回复天南海北来信，整天忙碌不停。苦禅大师习惯直观教学法，授课时言少画多，每次的教学画，都留给学生，自己从不带走。邓锡良先生也是这样。一次，他去某老干部局绘画班授课后，便把画留给了学生。一学生问他，您的画要多少钱？邓先生吃了一惊，说，怎么能要钱呢？

邓锡良先生就是这样，视金钱如土，重情义似金。邓先生的画作轻易不售,有诚心求画者,则无论地位高低,都一一满足。他曾把自己的作品一幅幅赠送给李苦禅大师的故乡人;也曾把自己的作品一幅幅送给那些欲用此画"解决问题"的相识和不相识的人。一次,新疆一青年因高考落榜,产生轻生念头,邓先生接信后,立即为之画了一幅"鹰"画寄去,予以鼓励。还有一次,他应邀去湖南作画,宾馆里一打扫卫生的服务员向他求画,邓先生即刻为之泼墨。没承想让主办单位的负责人发现,说她们是合同工,怎么能给她们作画呢!邓先生生气了,正色曰,这笔是我拿着的!为减少麻烦,临走前,邓先生为求画者每人各画了一幅,悄悄送给他们,连烧锅炉工人也送了。

李苦禅大师的次子李燕曾幽默地对人说:我父亲有很多弟子,有人学他的画,有人学他的字,惟锡良兄学了我父亲那个傻劲。的确如此,尽管画坛流派纷争,对苦禅大师的艺术评说各异,但对苦老的为人却是公认的好。邓锡良先生敬慕尊师,那是由衷的,每年清明,他都前往苦老灵前祭扫。近年来,他已收得弟子十数人,一律免费传授,精心点拨。他说,我要像当年苦老待我那样去对待学生,冀其青出于蓝胜于蓝,让苦老的绘画艺术在中华大地上不断发扬光大。

1992.7 北京

又是一年春草绿

——怀念著名诗人张志民

1

两年前,也是四月。在北京八宝山革命公墓第一告别室。您安卧在翠柏鲜花丛中,弥漫的清香笼罩着您,一双双泪眼仰望着您。您双目紧闭,神态依然安详、慈爱,仿佛于静默中正孕育诗情。

是的,您是一位和善多思的人。那是1988年乍暖还寒的春天,我第一次去拜访您。那时您还住在一处前后很不规整的大杂院里。由于是初次登门,一时找不到您的住处,我便向一群跳皮筋的孩子打听。一听说是找您的,有几个小朋友几乎同时说,我知道张爷爷在哪里住。说完,有两个小朋友就领我一直到您家门口。

您住的是两间平房,分里外屋。屋里生着火炉,那炉温与您的热情相偕,一起温暖着我。我便无拘无束地向您求教,还家事国事天下事、天南地北地与您交流。您谈笑风生,谦和随意,毫无师长之气。话到开心之处,您还拿出和妻子傅雅雯老师当年的一张结婚照给我看。我看得很仔细,照片陈旧得虽然已经有些发黄,但照片上的两个年轻人,依然透露出当年的勃勃英姿。

那一次,尽管您不太愿意讲述自己,但我多少也还是知道了您曾经因为胡风问题受牵连,"文革"中被"四人帮"迫害曾经蹲大狱四年之久。也是那一次，我第一次知道了您还写小说，而且在中华人民共和国成立前就写，发表的作品还不少。说着您还签名送我一本刚出版不久的《张志民小说选》。那天，我第一次与您促膝长谈，收获颇丰。我深深地感到，您的诗好，人更好；同时也深深地悟出，一个优秀的诗人，正是缘于一个优秀的灵魂，那个灵魂时时为人民而忧，为祖国而忧。那一次，我没能写出我们相见相叙的半个字，但一个富有魅力的人格，却深深地嵌入了我的心灵。那一次，您还送我一张您的特写照片。那照片只有一个侧脸和右手夹着的一支正在燃烧的香烟。后来，我就把这照片发表在了我负责的《中国建材报》的《五色石》文艺副刊上，取名为"沉思"。

2

平时与朋友在一起交谈，聊起某某人时，常爱说他是个好人。

其实，这好人的说法只是一种美好感觉，是人际关系中一种滤去杂质后最纯正、最朴实、最直接的褒奖态度，也是对一个人生命价值的综合评断和认可。不必问他好在哪里，他的好就在于平平常常、润物无声的点点滴滴之中。您，尊敬的志民老师，就是这样一个人。

还是1988年，辽宁工源水泥厂和辽宁省文化厅，以及本溪市文化馆等单位主动发起，要在全国范围内举行一次有一定规模的文企联合活动，定名为"工源杯"全国诗歌大赛，请时任《诗刊》主编的您担当评委会主任。

文企联合，特别是举行诗歌活动，当时在建材行业尚属首次，即使全国范围也不多见。您立刻看到了它的价值，欣然答应。就在征文结束，即将出版《工源诗歌选》一书时，承办者请您为书作序。时间紧，离出书只有几天时间，这对于向来严谨为文的您来说，更是马虎不得。您反复地看入选作品，字斟句酌地写作。初稿刚写出来，本溪文化馆一名在京经办出书事宜的年轻人耐不住了，几次打电话催问"序言"写好没有。出于谨慎，您回答，有些地方还需推敲，稍等，不会误了最后期限。急躁的年轻人，不知天高地厚的年轻人，竟然向您发起了火，并宣称，下午就去取稿件，否则再没有时间了，你就自己把稿件送交出版社吧！您说，听了这话，当时心里的确不快，觉得这年轻人不懂礼貌，真想放下，不作此序了。可一想到这是一次与诗有缘的公益之事，是来自企业，来自基层同志嘱办的事，既然答应了，就应当做好它。至于年轻人在电话中说的那些话，他还年轻，不必计较。后来，《工源诗歌选》如期出版，并及时发放到了出席颁奖会者的手中，您数千言的"序言"付梓卷首。至于稿件是怎样到了出版社的，我不得而知，再也没有问起过您。

您的随和认真，还有一次也给我留下了深刻的印象。那是1993年，我所供职的报纸副刊，为提高档次，增加可读性，准备开办一个新栏目"名人斋"，专发名人名家的作品。我便向您约稿。凭着一种信任和对副刊的爱护，您欣然命笔，不久便寄来一篇《聪明的孩子自己玩》的作品。文章一千六百多字，发表后，我鼓足了勇气，也才只给您开了一百元的稿酬（就这一百元，后来还被人反映给领导，说我稿费开得过高）。记得我去您家送稿费的那天，面对师长，面对一头白发的您，觉得这一百元稿酬实在拿不出手，就又悄悄从自己兜里掏出仅有的二十元钱加一起，递给了您。当时您没问，也没看稿酬多少，更不知这一小小的过程，只把装稿酬的信封随手一放，便和我又聊起了别的。然而让我更感不安的是（几个月后我才得知），您自1989年起类风湿病严重起来，手指已握不住笔，而应约给我的那篇稿件，是您病情刚有好转、歇笔三年后写出的第一件作品。每忆此事，我都有一种深深的歉疚和不安，感到太亏待了您的劳动，您的付出与回报太不等值了。

说起您对我的关心和爱护，那也是永生难忘。

1993年初春时节，我收到中国作协寄来的表格，准备申请加入中国作家协会。按规定，入会要有两名作协会员介绍，第一位是著名诗歌评论家张同吾老师，这第二位就是您。那天，我拿着入会申请表去请您签署介绍人意见，您很认真地看了表格所填的全部内容，又询问了我的创作近况和打算，然后才郑重地写下"同意介绍入会"字样，并工整地签上自己的名字，加盖上名章。

这就是我印象中的志民老师，您谦和、严谨、宽厚、善良。那时，我只有为您默默地祈祷：愿好人一生平安。

3

然而，不幸的消息传来。1996年4月份，您在发烧一个多月后，检查发现患了肺癌。

癌症啊，你这吞噬人类生命的恶魔，你这好坏不分的丑类，你为何要残忍地侵袭一个好人的肌体呢！我那一声声默默的祈祷，我那一次次真诚的祝福，难道你真的这样无视一个人的恳求吗！

终归，这只是一厢情愿。剩下的日子，就是您为战胜病魔而付出的痛苦代价了。

我听说一次又一次的化疗，使您浑身乏力，食宿无味，一折腾就是个把月……那时我曾给您家打过多次电话，想问一下病情，可一直没人接。后来又向朋友打听，说您可能住协和医院，也可能去通县的医院，一时还说不准。我也曾去过协和，问过那里的医生，他们说住院的病人多，记不得了。

终于到了1997年的4月，您出院在家，我们取得了联系。就在5月1日的那天，我和《农民日报》的编辑韩敏相约，一同去家里探望您。

那天见到您的情形，我至今记忆犹新。

您穿着整洁，脸色虽有些苍白，但精神却好。您坐在客卧兼具的床沿上等候我们。我们奉上一束鲜花，您接过去，很高兴，连声说谢谢。我们不敢谈病，很谨慎地选择着每一句出口的话语。可您倒很坦然，似乎并不在意癌病的严重。而且还给我们讲述一些治疗过程中的感觉和体验。当时看您的神态气色，我和韩敏还真的以为病魔已经离您远去了呢。谁知还不到一年时间——1998年4月3日，这一天竟成了您的忌日。

向您遗体告别的那天，前来哀悼的人们排成了长长的队伍，无数花圈摆满了告别大厅，一阵阵抽泣声环绕着您。这是您一生品格的感召，表达着人们对一位好人的哀思。此前，当报社总编辑谢镇江同志得知您不幸病逝的消息后，心中很是惋惜，嘱我一定要给您送个花圈，要好的，多少钱都行，而且要我一定去为您送行。

转眼，您已离世两载。自那天参加您的遗体告别仪式后，我就想一定要写一篇文章，把您的高风亮节告诉给更多的人。但沉痛的心情，竟迫使我一次次搁下了手中的笔。宽厚的志民老师啊，我想您是不会责怪晚生的。因为，您的音容笑貌，早已嵌进了我生命的深处。

4月，又是一年春草绿。相信这遍地的葱翠和芬芳，一定会给您捎去我深情的敬仰和祷祝。

志民老师，我永远怀念您！

2000.4.3　北京

这里总闻啼鸟声

走出黎明的太阳,把光束刚刚搭上楼群的墙壁,这里的鸟儿们就歌唱起来了。

鸟儿们是在等候一位恩人的出现;鸟儿们正演奏一支迎宾曲,在迎接一位朋友的到来。

恩人出现了,远远地,他骑着一辆小三轮,上边放着两只口袋。口袋里分别装着小米和高粱米。

朋友来了,朋友来到了楼群之间。朋友慢慢迈下三轮车子,又慢慢从口袋里掏出小米和高粱米,东一把,西一把,前后左右,一把一把地撒。等撒够了,朋友再看看树枝上正友好地望着自己的鸟儿们,骑上车子,又慢慢地走了,去了另一个他该去撒米的地方。

鸟儿们被朋友的举措感动了。鸟儿们的歌声更加响亮优美。鸟儿们不知道朋友的名字。于是,在一个晨光明媚的时刻,笔者特意等候在那里,替鸟儿们打听到了这位朋友的情况。

朋友姓翟,是一位退休工人,已经85岁高龄了。

老人从年轻时就喜欢鸟,退休后曾经在家里养过一阵子。养着养着,他发现,把鸟囚在笼子里,让鸟失去了自由,这不是真的爱鸟。鸟是会飞的动物,鸟是自由的精灵。如果真心爱鸟,就应该给它一个自由飞翔的天空。

养鸟不如喂鸟,老人一下子悟出了这理儿。于是,就在十几年前的一天,老人把自己喂养了很久的几十只鸟,全都放到院子里,训练它们自觅其食,让它们学习飞翔的能力,谁学会了生存,谁的翅膀硬了,谁就先飞走。一只、两只……老人眼望着一只只鸟儿飞向了天空,老人的心思亦随着它们飞向了远方。

鸟儿们飞去了哪里?鸟儿们的生存状况怎样?老人的心时常牵挂着那些飞走的鸟儿们。从此,老人就每天都带上鸟儿们爱吃的小米、高粱米,从自己居住的地方开始,走一处撒一处,最多时,一天能撒出五六斤。细心的人们或许已经发现,在公园的绿荫下,在城区的某个空地,在一个个曲径通幽之处,在他力所能及的一个个角落……有一位老人,正骑着一辆小三轮车,不时地停下来,掏出装在口袋里的鸟食,不断地撒,不断地撒……

无数个春夏秋冬,无数个风吹日晒,他从没有停止过自己的行动,尽管他的步履已经蹒跚……

1999.9　北京

真心真情真意　热肠热面好人

——访著名作家肖复兴

说起肖复兴，人们并不陌生，知道他出版过30多部著作，是一位很有名气而且名声很好的当代作家。他写知青的报告文学，一篇《啊，老三届》，曾经强烈地震撼过一代人的心灵；他写中学生题材的青春派小说《早恋》等，又使千千万万少男少女们情不自禁地走进一个梦幻般的世界；近年他写散文，一篇《母亲》，直感动得孙道临很快便把他搬上了银幕。当倪萍在中央电视台"综艺大观"节目里朗诵《母亲》片段时，又惹得现场和电视机前的观众们一个个涕泪纵横。

商念疯涨，真情枯萎。有人说，人心已经麻木。莫非肖复兴有什么魔法，不然，怎能把那么多各式各样的"心"，一下子泡进由他挖掘出的感情的清涟中接受浸润呢！秋日，一个阳光普照的下午，我登门拜访了他。

肖复兴面色白净，中等身材。微微发胖的体形，展示着中年人的风度。复兴说话很有底气，且谈锋犀利。关于他的热情、真诚和朴实，结识过他的朋友都说，和复兴一见面，会产生一种一见如故的亲切或相见恨晚的感觉。就这样，在一种无既定题目、轻松自如的气氛中，我们开始闲聊。

肖复兴祖籍河北沧县，自幼长于北京，曾到北大荒插队，当过大中小学老师，毕业于中央戏剧学院。显然，他和他的同龄人一样，属于：出生时连天炮火，上学时遇上"文革"，一毕业就上山下乡，返回城只好待业的那拨儿。他家境贫寒，加上幼年丧母，过多的酸楚和不幸，丰富了他的人生阅历，同时也给了他一个多思善感的情怀。

复兴坦诚地说："文革"之初，自己也曾经狂热过，自以为"万俗皆走圆，一身犹学方"，豪猪一样抖着浑身箭刺冲杀四方。然而，当造反派们残忍地像拖死狗一样把一位白发苍苍、被打得遍体鳞伤的老校长拖出学校后门的时候，当红卫兵的皮带无情地抽打"狗崽子"——一位他所熟识的温良少女的时候，他心中的"金字塔"顷刻倒塌了。他的心在流泪。从此，在自设的心灵法庭上，他反省自己，审判自己，忧虑加痛苦，使他垂下了沉重的头。沉痛的思考虽然也结了果，却是一枚苦涩的果：仗义执言的肖复兴为被冤者叫屈，为不平者争理。自然，在那个正义被践踏，真理遭亵渎的荒诞岁月里，黑白颠倒，是非混淆，一时间他成了被批判、挨整治的对象，险些被打成反革命。整他的人曾在群众大会上宣布："肖复兴是过年的猪，早杀晚不杀的事。"并查抄了他的所有日记本和写下的三大本诗稿。一时间，有些熟人朋友也像怕瘟疫一样地躲着他。

人世间真假善恶共存，生活的两面使复兴看透了人生世态。他不抱怨，不自弃，在冷寂的暗夜中燃亮心中的火把，在荒漠的旷野里寻找自己的绿洲。他读书，拼命地读；他写作，真诚地写，用喷发的情蘸着滚烫的血；写身边的人和事，写历尽沧桑的小人物，从黑夜一直写到黎明……1971年春天，他发表在刚刚复刊的《黑龙江文艺》（即《北方文学》前身）上的散文《照相》，就是他被发配去猪号喂猪时，在猪食棚里写成的。

对于那段艰辛岁月里的不幸，复兴是深有感触的，甚至可以说改变了他的一生，连后来的报告文学《啊，老三届》里也注入了它的营养。

"老三届",中国特定历史条件下的产物,像一簇不肯枯萎的绿荫,至今依然摇曳在人们心中。

说起肖复兴当年的长篇报告文学《啊,老三届》,复兴意犹未尽。他说,对于这些同辈人,我对他们一往情深。下乡、插队,曾经给予他们不知多少难以说尽的痛苦包括悲欢离合的故事,同时也给予过他们青春独一无二的风景线;返城,他们又默默地嚼碎了旁人难以想象的辛酸苦辣,为国家做着贡献。这是一代可尊敬的人。为了解他们,我骑车在北京城穿街走巷,寻找着他们也寻找着我自己。我得老老实实地承认:那里边的人物融进了我的感觉、我的感情。我写的是他们,同时也写的是自己,写的是这一代人的历史。

《啊,老三届》已出版多年,至今却余音缭绕。为此书,前不久一位外国记者还专程来北京采访过作者;刚刚出国归来的朋友说在新加坡的书店里正在出售这本书;美国和日本的两名大学生读过《啊,老三届》后感慨不已,借来中国旅游的机会专门拜访了肖复兴;据说一些关心中国历史的外国人还把此书作为研究"文革"和"毛泽东的后代们"的资料……

对于昨天的成功,复兴说:"人生的意义不在于成功,而在于追求的过程。这样我们才不会匍匐在成功脚下成为爬行动物,而会永远站着,走着,顶天立地。"

关心复兴的读者曾问及,肖复兴近几年短小的散文随笔很丰收,怎么不见了他的鸿篇巨制?

是这样。复兴介绍说,自1989年后,自己停止了报告文学的创作,尽管有时也写点小说,但主要精力却转向了散文随笔,几年来已出版《雪痕》《情丝小语》《都市走笔》《父亲手记》《今朝有酒》《复兴随笔》6本散文集,计80余万字;同时还为《大连日报》《今晚报》《中国妇女报》《当代人》等报刊为其开设的专栏及时撰写不同题材的稿件。

一聊起当前散文创作的盛况，复兴谈兴甚浓，滔滔不绝地倾吐了他的见解：

散文是一种古老而新鲜的艺术，我国"五四"之后的三十年代曾经有一个空前繁荣时期，并因此出了一批大作家，如鲁迅、叶圣陶、冰心等人。进入九十年代后，市场经济兴起，人们生活节奏加快，加上逐步杂志化的报纸的增加和对市场的占领，使散文脱下了华贵的披风，走进了寻常百姓家。散文需求量的增多，迫使一些作家不得不调整了自己的态势和角度。不仅散文家写，一些小说家、诗人甚至学者、理论家也加入了散文创作的行列，使散文从以往多少年的陪衬、铺垫上升到了主角的地位。说文学走进了低谷，只是指某一方面，就散文而言，却是空前的活跃。可以说，与30年代散文最辉煌时期相比并不差。无论其思想含量、感情色彩，还是语言的丰富上，都有较大的继承和发展。当然，就总体质量而言，大多数散文尚不能尽如人意，平庸之作尚不少。萝卜快了不洗泥，有人粗制滥造。一些名家的作品不见得就高，一些习作者的散文也不见得就低。所以，我们应该看到，散文在空前繁荣的同时也在空前堕落，不论是名作家还是习作者，都应认真、慎重地对待，散文不能因自己的平庸、造作、程式化、太艺术化而被糟蹋。

话到这里，复兴还说，他不赞成那些一会儿上岸一会儿下海、患得患失翻跟头的作家。尽管这世界充满了诱惑，但作为一个文化人，不能过多地去凑花红柳绿的热闹。

当话题转到复兴写散文《母亲》一文时，复兴很动情地说，真诚、真情实感永远是作家创作的原动力；勇敢地解剖自己，审视自己，是作家对社会所负的一份责任。因为作家在审视和解剖自己时，同时也在审视解剖一批人。《母亲》也只是解剖了自己的一部分。文化人的心理其实很脆弱，常常不能面对现实，不敢面对生活。有些作家不是缺少语词，不是缺少能力，缺少的是解剖自己的勇气。所以中国也减少了卢梭式的大作家。对于那些像孔雀一样，总爱藏起屁股，只把美丽的羽毛给人看，甚至连自己曾经卑微的门第都羞于说出的人，复兴指责他们为假贵族。

复兴的小说《早恋》等中学生三部曲发表后，曾在少男少女中引起强烈反响，数不清的读者来信雪片般飞落他的办公桌上，有时要用提包往家里装。这么多的信，肖复兴如何对待呢？

他以为，那里有青少年们滤尽了杂质的人世间最纯洁的情感，他十分珍重这份友谊和信任，每一封信都认真阅读，有的及时回了信，有的还念给全家人听。复兴的爱人孙广珍说，有的信写得真好，念得我们全家人一起流泪。

了解肖复兴的人知道，他不但关注他的同龄人"老三届"，也十分关心和爱护青少年的成长进步，他与云南思茅一女中学生保持6年通信联系的事，曾一度被朋友们传为佳话。

6年前的一个秋天，复兴收到一封从云南思茅辗转四个月才寄来的信。打开一看，他惊呆了，泪水一下子模糊了眼睛。那信是一个14岁的女中学生写来的。说她在思茅县城上中学，因为母亲是农村户口，每学期要交150元的"议价学费"。她父亲是县城的建筑工人，每月工资养活全家五口人已经力不可支。每学期开学这一天，就成了她最害怕的日子。这一天，为了这倒霉的"议价学费"，她一时怎么也想不开，竟然用绳子吊在房梁上，把头伸进去想自杀。幸亏她妈妈及时发现了她……就在那天晚上，她给复兴写了这样一封令人心碎的信。信笺上还落有她的泪痕。

这是一个小姑娘悲愤的心声与殷切的期待呀！复兴捧着信心绪万端，泪流满面，连夜给她写了回信。我知道姑娘的第一封回信，很感人。她说当收到复兴的回信时，猜到一定是肖叔叔写来的，她的心怦怦直跳。还没顾得看内容，只看了一下落款，就伏在课桌上哭了起来……

多么真挚的人间友情啊!就这样,至今他们已保持了6年的通信联系。

受到肖复兴关心爱护的青少年们何止于此呢。有的少年因不理解父母的管束想离家出走,有的学生感到前途无望对人生失去信心和勇气……甚至连自己的父母不能告诉的话,都向他一吐心声。复兴从来也不觉麻烦,都认真地和他们交朋友,把温暖,把爱心,把鼓励和期望,托飞鸿一一传递给他们。这些通信,复兴说已积攒20万字,本没想到出书,多了,收集到一起也成了书,刚刚出版的《和当代中学生通信》,就是这方面的内容。这是他所有书中最特殊、超乎文学之上,复兴说也是他特别看重的一本书。

复兴同志有一个很幸福美满的家庭,妻子孙广珍贤淑善良,儿子肖铁正读初中,功课很棒,今年上半年曾获"世界华人日记大赛"中学组一等奖。肖铁很有性格,不喜欢人说他是肖复兴的儿子,因为他要用自身的能力去证明自己的存在和实现人生价值。复兴说肖铁在报纸上发表的文章,包括获奖的日记,开始家里一点都不知道。

和复兴交谈感觉时间特别快。该告辞了,我冒了一句:像您这样一位事业有成,家庭美满的人再不会有什么忧虑和痛苦了吧?"怎能会没有呢。忧虑和痛苦是引发思考的导火线,思考则是作家冶炼生活之矿石的火焰。"

反复咀嚼复兴的这段话,我想这火焰一定能使他再度冶炼出一块又一块真金,沉甸甸,光灿灿,世界因它的出现而增值。

1994.9.22 北京

猪肝和玉兰花的诱惑

张同吾先生是当代著名诗歌评论家,如今我们相识已40多年了,成了知心朋友。当年我在东北部队工作,开始写诗,休假时就回北京通州哥哥家。那时同吾在通州四中教语文,常听我哥说他才华横溢潇洒倜傥,教课既没教案也没提纲,上课侃侃而谈风趣生动。那是1974年,全国批判"师道尊严",学生们上课折腾不好好听讲,唯独上同吾老师的课都洗耳恭听。在教师中他是"另类",学生们偷偷读《红楼梦》,领导说是黄书要求上缴,他据理力争说明明是红楼,怎么会变黄呢?男学生留长发,领导说是资产阶级思想,他说是向伟人学习,青年时代毛泽东的头发更长!同吾有个大缺点:不拘小节,爱丢东西,笔也丢,钱也丢,从不在意,最不该是丢失语文课本,开学不到一个月他就丢了,教导处把仅存的一本借给他,不到半个月又丢了,怎么办?他自有办法,他教两个班语文,上一班课向二班学生借课本,上二班课向一班学生借课本,下了课立即交还。这事被校长知道了,问他:"张老师您什么时候备课呀?"他很郑重地回答:"我还需要备课吗?"这事在通州流传很广。就在那一年我结婚,我哥邀请他和另外几位老师喝喜酒,终能与他相识,儒雅、温和而有风趣,绝非我想象中的张狂。

后来与同吾先生相处久了，深知他的性格是性情化与理性化的统一，思维缜密，大事清醒，连续三届主持中国诗歌节的诗歌论坛，两届青海湖国际诗歌节高峰论坛和多场学术研讨会，甚是语言精当、风度翩翩、高屋建瓴。而在生活上他永远丢三落四不拘小节。1993年，他和张贤亮、张宇出访以色列，他的皮箱里装了三件羊绒衫，外事活动不断换装，回到国内只剩下一件羊绒衫穿在身上。夫人问他那两件呢？他木然不知去向。据说几十年他没有创造过出差不丢东西的奇迹。只有一次他没丢东西，那是2010年他率领中国作家代表团出访保加利亚，诗人刘福君对他说，我给你当十天秘书，保证不让你丢东西。出国后，福君与他寸步不离，这次他真没丢东西，而福君却把相机丢了。

有一件趣事在朋友们中间传扬，同吾从小最爱吃妈妈做的炒猪肝儿，外焦里嫩色香味俱全。这些年妻子不让吃，说胆固醇高，出差在餐车上他就有了自主大权。那次不巧炒猪肝卖没了，他便买了一盘炒肉片端在餐桌上，却见坐对面的旅客正吃炒猪肝，于是他便夹了猪肝送进嘴里品尝，对面的旅客大惊失色目瞪口呆，以为他是疯子，这时同吾恍然大悟，方知此刻不是在家里，面红耳赤连连道歉，对方很有修养很客气地说，就共同享用吧，看来"同吾"这名字真的没有白叫。

同吾这种自由自在不假思索的性格与他的家庭相关，他自幼生活富裕不知钱为何物，所以丢了什么也不心疼。他父亲的"无为"思想对他有深刻影响，父亲从不过问他的学习成绩，任凭他由兴趣选择。父亲反对"望子成龙"的刻意追求，常常默念古人一首诗："人家生子盼聪明，我被聪明误一生。唯望吾儿愚且鲁，无灾无病到公卿。"同吾读三四年级时，每到春天玉兰花开时，父亲就让他陪着到颐和园赏花，且说"花期不等人，耽搁学业事小，耽搁赏花事大"。这话实在经典，如今还有这样的家长吗？他深深感谢父亲给他以宽松的心理环境和生活环境，让他的文思自由驰骋。他给青年作家们讲课时,常常引用父亲的这句话,并引申说:这话启迪我们要与自然交融,生命之树才能常青。他亦庄亦谐地说,男人不爱花朵怎能怜香惜玉,诗人不爱花朵怎能懂得爱情?每次他都赢得热烈的掌声。

2013.5 北京

第二辑

那些文／那些人

碧波中，那一蓬莲荷

——《女人，没理由不爱》序

散文集《女人，没理由不爱》的作者是韩瑞莲，她是北京市昌平区文联新上任的驻会副主席。

认识韩瑞莲首先是从她的文章开始的。一天，诗友高若虹拿来几篇散文，要我看看。说作者是在镇里工作的一位基层干部，爱好文学，很刻苦，很用心，散文写得不错，工作干得也出色，真诚朴实的为人更是没得说。后来，一个偶然的机会，彼此得以面识。朋友的话一点不错，凡是了解韩瑞莲的人都夸她赞她，说她文美人好心善，是那种尊重人、理解人、晴天雨日都可信赖和托付的人。

韩瑞莲要出散文集了，很是为她高兴，但她却执意要我为其作序。就我的知识水平和文学修养而言，我始终认为自己是不具备为他人写评作序资格的。然而，面对一个如此真诚友善且使人生出几分钦佩的人，再推辞是不妥当的，于是便应承下来。同时也想从她的美文中吮取滋补的成分，以营养自己的文学感觉。

捧读韩瑞莲即将付梓的散文书稿《女人，没理由不爱》，仿若置身碧波涟漪的荷塘边。眼望摇曳在阳光下的那一簇簇鲜艳，会使人情不自禁地生发出美的感觉，会感觉到扑面而来的一种温馨，会想到这世界是多么的可爱。

本集中，韩瑞莲以《女人心事》《女人感觉》《女人旅途》《女人生活》为构架和内容，把一个女人的里里外外、前前后后，淋漓尽致地和盘托了出来。从而也使人们了解到，一个从山村走出的女子所经历的艰辛及伴随其奋斗的心路历程，会因此更加喜欢她的文字。

收在《女人，没理由不爱》一书中的作品，有的是经我手编发的，有的是从《北京日报》《北京晚报》《京郊日报》《昌平文艺》以及其他一些报刊上早就读到过的，文章已经很熟悉了。我曾经喜欢的一些文章，比如袒露女人心迹的《由三十岁说开去》《四十岁的圆润与丰沛》《女人与内衣》《女人与酒》《粗厚跟，女人风》，再如爱生活写家乡的《爱上路边的那条小径》《触摸昌平文化》《北环早市》《精神家园》，还有关注人生命运、感知情感律动的《撕破灵魂》《夏·雨·翠》《感秋》《让人心疼》《树里闻歌，枝中见舞》《感动自己》《不同的行走》《下雨了，去喝咖啡》《交响生活》等文章，在这里再次谋面，很有一种"他乡遇故知"的亲切。

正是这些闪烁亮点加之其他一些具有一定质量的作品的选入，就更加厚重了《女人，没理由不爱》一书的分量。读它，品它，有如眼前走过的一座方阵，那阳光下的明亮，那熏风中的芬芳，还有那心中不时莫名生成的一些难以"名状"，会一次次地来触摸你的感觉，撩拨你的心绪，感染你的灵智，让你在快乐中实现一次阅读经历。

韩瑞莲的人生经历是丰富的，由此也注定了她创作内容的丰富。一个来自乡村、没有任何背景的人，通过考学，一步步走来，走上教室的讲坛，走入记者的队伍，走向电视台节目主持人的位置……而且，她走过的每一个阶段，都做得很优秀，很出色——由她编导或主持的电视节目，曾两次获得北京市优秀栏目奖，个人也获得北京市第十届优秀新闻工作者称号。由此不难看出，在这些"优秀"的背后,其所付出的艰辛和劳动是可想而知的。也正是因为她能把这些亲身经历、心中的千山万水、喜怒哀乐(即生活),作为创作的资源进行开发,所以她的作品才有品位,有品头,——在质朴的行文里,使人领略来自她心灵深处的那份真实和自然,以及她对大千世界的关注与热爱。

韩瑞莲的有些篇章写得也颇有哲理,能够融思想与艺术于一体,使人在获得美感的同时,也收获某种心灵的启迪。比如岁到不惑,当有人念念有词地在复制那句古老的谶语:"意志会萎缩、理想会打折、信念会拐弯、生活会失色"而悲而虑之时,她的《四十岁的圆润与丰沛》,却似夜色里刺来的一缕光明,能立刻把人的眼睛弄亮,说四十岁的女人这时候才真的是"知道了优质知道了适合知道了创新",并告诉"四十岁女人因为丰富而使自己的田园更丰沛",在那里浇灌培植出的心的花朵,才是世界上最名贵最优雅的花朵。似这类文章,还有不少,如"春天在你心中,春就将伴随你走过每一天"的《感受春天》,在得到与失去之间要不要守护如何守护的《守护》,以及"生活里的状态就是那高音的高昂低音的沉稳就是那各种乐器发出的有序的混响"的《交响生活》等。这些作品,都在从事情的另个或多个方面,善意地告知人们,人的思维不应该只行走一个通道,要发展、联系地,即科学地审视、对待我们所面临的各种事物和这个繁复多变的世界。

人们爱说,一篇文章,一部作品的创作需要读者与作者共同完成。韩瑞莲的这部散文集也不例外。我认同韩瑞莲在《也说文学》里那一段充满诗意的心语:"文学是一种味道,生活着的味道,那味道的气息四处奔走,滋润着我们的生命,让人生的路途充满色彩,从而让人生发出相拥相亲依恋般的感受。"

这是韩瑞莲热爱文学的真情告白,也是她在文学的小路上长途跋涉后的切身体味。就凭这些,凭着她的那片痴情苦心,凭着她的那份执着，相信她脚下的文学之路会越走越宽广，就像那满池盛开的一蓬蓬莲荷，以绽放的鲜艳和美丽，来装扮这个多彩的世界。

2009.3.9　北京

穿越诗的隐秘通道

——在胡玉枝诗集《紫陌禅心》研讨会上的发言

一、我对书题的理解

唐朝诗人刘禹锡有一诗:

紫陌红尘拂面来,无人不道看花回。
玄都观里桃千树,尽是刘郎去后栽。

欧阳修词《浪淘沙》也有名句:垂杨紫陌洛城东。
两位古人是否是最早使用"紫陌"二字,我不是专家,不得而知。"紫陌"二字掰开了说,"陌"指田间小路,"紫"指道路两旁草木的颜色。如果就刘、欧阳二人的诗句而言,特指京城郊外的道路,引申义则为道路上非常热闹,人来人往,且尘土飞扬。

禅:静静地思考。如果以这个解释加上书中的静听、沉思、浅唱、低吟四个分题来理解"禅心"二字,是否可以这样说:在《紫陌禅心》诗集里,无论是写景的、状物的、说事的,还是及人的,作者所展示的主要就是一个"心"字——心情、心境、心灵,直抵灵魂。那蕴藉于字里行间的诗意在说:面对红尘飞扬的人间,作者"静于苍山一隅",低吟浅唱,静观幽思,真正地领悟到大千世界、芸芸众生里能使自己强大，站立或行走的，不仅是远方的目标，更是对诗的信念和诗性的坚守。

二、从"禅心"二字说开去

胡玉枝在诗集的"作者简介"中说得明白："自幼喜好文学，静于苍山一隅，在满是禅意的阡陌上，用心灵聆听世界，书写人生。"如果说这段话是走进胡玉枝诗或诗集之门的一把钥匙，那么徜徉在诗集所设置的条条阡陌上，人们会发现、会感知：无论是写景，状物，说事，抑或品人，统统都与这一颗心相关相连。在《黄叶村》，在《樱桃沟》，在《卧佛寺》，她望着，想着，悟出："做梦的人／一直在梦里醒着"，只有"把心放在心的位置"，才能"归隐这一方茂密／寻找那寸安稳／把心洗净"。"禅"对诗人的启迪是心要静，欲要寡，情要淡。心是娇嫩的，易伤的。或许这一颗心被伤得太重、太久了吧，终于忍无可忍。彼时彼刻，在忍无可忍面前，被文化，被文明滋养过的诗心，往往不是如常人那样的出口成"脏"，而是挥毫成章。发怒的诗人常常以犀利的诗语发出雷的轰鸣，爆出电的火光。从《紫陌禅心》一些发出的响声和光焰里，我们似乎感到了一个苦苦挣扎的灵魂站立之后的坚强。诗人在《无言的言》里这样倾诉："我把自己伏倒在地下／可是还有脚踏在我身上／狂笑肆虐／我匍匐着身躯把心扬过高山／……任苦难与煎熬碾过我的胸膛"（《无言的言》004 页）。接着："打开吧／那条浸满伤痕的铁链／放飞／桎梏的心灵／变成／残阳下滴血的自由鸟／去寻找／下一棵挂满彩珠的枯木"（《放飞》015 页），"那朵凄艳的花／就那么落了"（《飘落》020 页）。读着类似的诗句，品着个中的诗意，仿佛看到一个行走的灵魂，正捧着一颗滴血的心，委屈着，隐忍着，低吟着，浅唱着，实则挣扎着，呐喊着，在向世界倾诉。

胡玉枝为人很低调、谦恭，常常以一种生怕对不起上帝的心境待人接物，这些，似乎也不可避免地显现在她的诗的字里行间。她说："我曾站在月下眺望"……"将心的思念/写成诗行/遥寄"……"没有飞起的大雁/啁啾的萧瑟/扯断了/风/不知方向的云朵/散了又聚"（《远方》022页）。这诗里有思恋，有怀念，有恨有爱，有怨有忧，一起叠加成厚厚的墙垣，走不出樊篱的诗，只好独自品尝"心中的苦/梦里的甜"。

　　在本诗集里，我比较喜欢第一辑《低吟》。咀嚼、品味着这些诗，有如踏上了一条山间小路，那路高高低低蜿蜒着伸向远方。路边有草木葱绿，有花儿颔首，有蜂蝶唱舞，有鸟儿啁啾，有心灵深处的万水千山，一种欣赏的愉悦感会不时来袭。同时也仿佛触摸到了诗人的一颗敏感、善良、真挚、疼痛的心在跳动。

　　第一辑中，《乡思》《母亲》《呼唤》《回答》《守望》《无言的言》《离别》《放飞》《忧伤》《日子》《年岁》等等，这些有代表性的诗歌，我以为写的是比较成熟和完整的，可读耐嚼。

　　总之，读整本诗集，感到，低吟里有高亢，浅唱中有深邃，沉思后有觉醒，静听里有思辨……这是一本值得阅读，经得起品评的诗集。

三、宗教寻道，诗歌求美

　　对《紫陌禅心》虽然说了不少好话，但也并非说它已经达到了完美无缺的程度。如果要说有什么不足或希望，我以为：以诗集中的高作为看点，一些诗的艺术性尚有提升的空间，比如一些诗的构思，个别诗中多余的诗句以及诗句中尚需商榷的用字等。要舍得割爱，直说易尽，婉约无穷。期望胡玉枝在今后的诗歌创作中能不断整理自己，该坚守的坚守，该舍弃的舍弃。（以上意见仅供参考）

按习惯的说法,作家圈 45 岁以下为青年,胡玉枝尚属年轻一代,创作的前景很宽阔。百尺竿头再进一步,希望她以此研讨会为转折点,为新起点,在开阔视野,发现诗情,凝结诗意,锤炼诗句上再向前一步。如果有一天,在诗歌艺术的殿堂里,在接受鲜花和掌声的诗人中,有个名字就叫"胡玉枝",那是我的心愿。

诗是什么?窃以为,它是"悬挂在人类脸颊的一颗泪珠 / 是建筑在心灵深处的一间小屋 / 是风雪中摇曳枝头的一束斑斓 / 是黑暗里难以排解的一份孤独。"

此是言者旧话,愿拿来与诗人共勉。

传记文学园里的一朵新葩

——刘战英长篇传记文学《风雪多瑙河》读后

著名作家刘战英的长篇传记文学《风雪多瑙河》，近日由人民文学出版社出版。在改革开放不断深化的形势下出版这部作品，具有一定的现实意义。

《风雪多瑙河》主要描写的是旅居匈牙利的华人企业家张曼新的事迹。我国实行改革开放以后，不少人出国经商、学习、考察、旅游，他们在国外怎么生活，可能有什么遭遇，不仅是他们的家属、亲友，而且也是国人十分关心的问题。中华民族是具有传统美德的优秀民族。中国人在国外，不管是长住的还是临时的，他们一般都能遵守所在国的法纪、规定，安分守己地做事。但是，由于种种原因，他们在国外并不尽如人意，有的甚至受到邪恶势力的骚扰、袭击、欺侮。华人中也有些败类，他们在国内遭人唾弃，到了国外，也穷凶极恶，搞绑架、抢劫、凶杀等等。张曼新就是在这种情况下，发扬中华民族的传统美德，敢于与各种邪恶势力进行斗争，受到了旅匈华人的称道。

小说家刘战英，善于抓住一些典型情节，将主人公放到矛盾的尖端，从而使张曼新这个人物形象鲜明突出。在《牺牲，岂止在战场》一章中，作者写了某些贪婪的匈牙利老板不把中国人当人看待，随意地欺诈华胞。以韩繁峰、王大军为代表的黑道人物，也对华胞肆无忌惮地进行敲诈勒索。在匈牙利警方不愿管、华胞们怕报复不敢管的情况下，"华联会"会长张曼新毅然站出来，领导华胞同邪恶势力进行了不屈不挠的斗争。为抵制被称为"四虎"的市场老板大幅度提高摊位租金，两度进行了斗"四虎"的罢市行动。张曼新的正义行动，激怒了一些心理阴暗的人。有人写匿名信进行威胁，有人打电话对他恐吓……但张曼新毫不动摇，誓与邪恶势力斗争到底，显示了他大无畏的崇高人格。

抓取一些富有感情色彩的细节来刻画人物，使人物有血有肉，是作者采取的又一表现手法。《酸楚的布达佩斯机场》一节，使人不能不动容，不能不落泪。这一节主要写了张曼新送别女儿的事。

他的女儿菲菲仅八岁，这年龄，正是需要父母呵护、关怀的时候，女儿也正是离不开父母的时候。但是，张曼新深知，自己与邪恶势力斗争的正义行动，必然会受到邪恶势力的仇恨和报复。恶人是什么坏事都能干得出来的。为了使女儿免遭歹徒伤害，不得不瞒着女儿，忍痛将女儿过继给他人。作者将机场送别一段写得动人心魄：

"寒风中，张曼新拉着菲菲，步履蹒跚地走着，觉得两条腿像灌了铅似的沉，每迈出一步似乎都要付出很大的气力。同时，随着他脖子的喉结一起一伏，大团大团酸楚的流汁在胃里涌动。他死死咬着牙帮骨，上下嘴唇紧紧地闭着……"

"爸爸，我们到哪儿去？""你姐姐不是告诉你了吗，送你去西班牙一位叔叔那里读书。""我不是已经在匈牙利读书吗，为什么还要去西班牙？""西班牙的学校比匈牙利的好。""妈妈为什么不来送我？""妈妈那天为什么哭？"

面对女儿的一连串问话，张曼新想起前些天为女儿要不要过继他人与爱人的一番争执，想起邪恶势力的威胁恐吓给家人带来的精神压力，想起爱人对自己的种种埋怨，他哑然了，不知怎么回答女儿才好。因为，他历来以诚实被人称道，怎么连自己的女儿都要哄骗呢！为此，他自责，他负疚，他忍受着对纯洁无瑕的爱女不得不采取欺骗的办法而受到的鞭挞。当我们读到这里的时候，一个为了华胞利益敢于斗争、不怕失去自己的一切甚至生命的高大形象，就活生生地站立在眼前。后来，张曼新受到党和国家领导人的接见，受到匈牙利总统根茨给予的很高的褒奖，就成为顺理成章、理所当然的事了。

应该说，刘战英的《风雪多瑙河》是一部成功之作：作品取材新鲜，使人从中了解到许多鲜为人知的内容；对传记主人公形象的刻画是成功的，较好地摆脱了那种按部就班、流水账式的写法，而是利用许多典型情节、细节，多侧面地刻画人物，使人物立体化；作品具有很强的时代精神，它从一个新的角度反映改革开放给人们的生活带来的深刻变化。因此，这部作品很值得一读。

2000.8.12

烽火锻铸忠魂　壮举不该淹埋

——马淑琴报告文学《寻找李文斌》读后

"他始终无党无派,而当了一辈子共产党的诤友;他两次被八路军收编,却没紧跟部队转战南北,而是坚守平西;他在被捕入狱的生死关头,经受住威逼利诱,恪守了崇高的民族气节;他没有升官晋爵,没有荣华富贵,而是以伤痕累累却淡定平静的身心老于山乡,以一个山村农民的状态,在贫困凄凉的晚景中逝去。""他以非凡的品行、能量、智慧和毅力,集聚抗日力量,经受艰难险阻,英勇抗击外敌,守护共产党抗日根据地的东大门,并为共产党八路军输送千余兵源,为平西抗战做出突出贡献。"(引自马淑琴《寻找李文斌》,载《中国作家》2016年第11期)

就是这样一位令人感念、发人深思的历史人物、抗日豪杰,却鲜为人知。正当他几乎被岁月的尘埃完全埋没的时候,是马淑琴——这位极具使命感和责任心的京西作家,挖掘了他,再现了他,复活了他。我们为马淑琴的义举和担当点赞!同时也为具有历史眼光、能够发表《寻找李文斌》、从而让这个历史人物走进人们视野的《中国作家》杂志点赞!

下面就谈谈读《寻找李文斌》之后的几点感想。

一、《寻找李文斌》的路程很长，作家的脚步走得很艰辛。

　　李文斌，1971年病逝，他没有档案，没有鉴定，没有照片，几乎找不到任何记载他的文字，亲历者大都逝去，仅有的也只是关于李文斌的口头传说。要想去真实地再现这位抗战历史人物，谈何容易。但马淑琴做到了。通过文章，我们不但一个点一个点地看到了被链接起的李文斌的所作所为，同时也看到了作家采访、调查时风尘裹挟的身影，这既证实了材料来源的翔实可靠，也看到了作家的艰辛以及锲而不舍、不言放弃、对自己那份初心的坚守。

　　历史是睁着眼睛的，该给予的一定会给予。能找到当初与李文斌共处、已经93岁的李成英老人，这是上天为作家的"寻找"敞开的一道门缝。作家以敏锐的目光从这缝隙里望过去，他看到了李文斌的身影，看清了他的面孔，走进了他的心扉，同时也让我们看到了马淑琴的那份虔诚和执着。请看看这段文字吧："矿区破旧的平房里"，"一个整天，两个半天，外加两个晚上"，人们仿佛看到，在一种使命的驱动下，一位作家陪着一位耄耋老人，经心地侍奉着老人，耐心地洗耳恭听，生怕遗漏掉什么。一听一讲，一问一答，甚至是再三追问，让史实一步步再现，让材料一件件细化，让人物面貌逐渐清晰，把疑团一个个解开……所以就有了髽鬏山战役后，李文斌仗义疏财、招兵买马、立志抗日的家国情怀。

　　所有这些所形成的文字也不过几行几页，而文字背后作家所付出的心血、汗水、艰辛却是巨大的，显而易见的，也是我们从事文字工作的人感同身受的。

二、叙事与文学并茂，事件与人物相谐，《寻找李文斌》其存在的价值不可小觑。

由于报告文学自身属性使然，它既要求其事件的真实性、人物的可靠性，又要有行文的可读性，所以说这是一种很不好驾驭的文体。而马淑琴的《寻找李文斌》把寻真、求美二者的关系处理得恰到好处，才使我们在熟悉李文斌这个历史人物的同时也获得了阅读的快感。这是因为马淑琴是作家是诗人，不仅写了大量优秀的诗歌散文，而且还写过不少颇有价值的报告文学，比如北京儿童医院的那位B超医师贾立群，比如那位让人肃然起敬的好民警高宝来。从《寻找李文斌》里不难看出，正是基于她以往的创作经验和文学功底，所以才有了这样一位可感、可信、有血有肉、令人再难忘却的"李文斌"。

所以说，《寻找李文斌》是一篇成功之作是完全当得起的。

作家在积累大量翔实资料的基础上，既没有就事论事照相般把人物生搬移植笔下，而是调动起自己的创作经验，对环境，对史实，对人物，进行了一番认真的思考、精致的加工创作。"庚子之殇"的铺垫，使人们找到了李文斌产生"抗日"思想的源头；"山乡豪杰"的豪气，使人们看到了李文斌爱家乡、爱乡亲，"守土、保家、救国"的赤子情怀。随着事件的递进，接下来的几章不但使人们了解了李文斌的抗日行为，而且还比较全面地察知了李文斌坎坷的人生经历。他的勇气令人敬佩，他的智慧为人叹服，他的遭遇使人同情，他的良知无可挑剔……

《寻找李文斌》一文中不少细节的描写形象生动，更是令人过目不忘。比如李文斌出场一节。先观其形：这时，着一身黑布裤褂的人从树后闪出，犹如一道黑色的闪电。只见他身材魁梧，机敏健硕，一张长方大脸上嵌着一双乌亮的眼睛，眼睛里透出深邃的光。再闻其声：六弟，三儿，把羊扛上，弄大庙去，炖了让大伙儿吃。声音瓮声瓮气。这既是主人翁所具有的气质性格的回归，也是作者在掌握一定素材的前提下充分调动其创作经验的使然。类似能够充实李文斌人物形象和战地环境的细节还有不少，比如，李文斌顺手拿起身边尺把长的烟袋，把铜烟锅儿塞进一个黑布缝的荷包里挖着烟……再如作者对用红山草搭建草铺的细节介绍，对"石塘"二字的解读，这里有李文斌的生活习性，也满足了读者对某些常识的期待。另外，行文中作者以旁白或画外音的表达方式多次显现，这种艺术手法用在这里，不但使读者看到了作家的身影，而且更增加了对主人翁李文斌这个人物的感性认识，进而使文章增色。

在《寻找李文斌》的同时，马淑琴还不露痕迹地对门头沟的山山水水、人文景观进行了一番必要的描写。无疑，我们在欣赏这些美好文字的同时，也看到了作家对家乡的热爱，对家乡文化的热爱。正是由于这种热爱也才还原了李文斌这个曾经模糊、几近被遗忘的忠良贤士。

还必须要说的是，《寻找李文斌》"后记"一章写得颇令人思索。

一块抗战热土上生长出的一棵高树，怎么说倒就倒了呢？我边读边想，自问自答，情不自禁中产生了几个"假如"。

假如那个土改工作队长不是被左的思想支配，不那么不分青红皂白、能够公正地对待抗战名士，李文斌的命运是否会好些，一位可歌可泣的抗战名士或许早就矗立在人们面前了。由此我想：一个人的命运为什么轻而易举地就被另一个人扼住甚至扼死呢？虽然作者没写，但我们似乎也看到了李文斌因遭受屈辱、被批判而曾经被伤害的心灵，不然他不会甘于寂寞，老死山乡的，甚至他还会为家乡的建设继续贡献自己的才智。

假如李文斌能一直跟着部队去南征北战，他的命运又该如何？凭着他的智慧、他的勇敢和忠诚，也许会弄个师长旅长的干干，也许早就血染沙场、忠骨无觅。我以为李文斌的人生轨迹之所以没这样行走，一是有他自身的局限性，也和周围缺少一位大志、睿智者的明示和引导有关。但这并不影响李文斌这个人物的形象，看得出这也是作者为此收敛笔墨、并没有把他塑造成高大上式的抗战人物的理由之一。

三、但愿《寻找李文斌》能够插上翅膀，飞出大山，飞向全国，飞得更加广阔和辽远。

一片曾经的抗战热土，一位可歌可泣的抗战前辈，却在我们身边沉睡多年无人问津。感谢马淑琴，是她通过《寻找李文斌》让我们感到了京西这片土地的厚重与深邃，了解了京西人民为国家的独立和民族解放所做的付出和奉献，让我们更加了解了这片土地，喜欢和向往这片土地。

所以我才建议：如同不应让"李文斌"被埋没一样，让报告文学《寻找李文斌》也不要再沉睡，可以用现代的传播手段，比如电影、电视等，以便使更多的人通过认知李文斌而了解门头沟，向往门头沟。

2017.3.31　北京

腑言片语寄明军

——《沈明军诗词选》序

记得有位评论家曾经说,对艺术的评论应当是评论的艺术。所以,我才不止一次地对要我为其作品写点什么的朋友说,不管是写评还是作序,那都是德高望重、学识渊博者和专门家的事。因为,只有他们,才能站在时代和思想的高处,并且以艺术的眼光和尺度去打量、去衡量其作品的成败得失,并予以恰切的点拨,得出合乎情理的评价,从而给人启悟。因此,每当有人要我为其文、其著写评或作序时,我是绝不敢贸然应承的,大都是躲了又躲,推了又推。这不,眼下我手头就压着四部书稿。

今天之所以敢为沈明军先生即将出版的新著《沈明军诗词选》说上几句,首先是由于他与我几乎相同的人生经历触动了我。

沈明军出生于1950年,我们年龄相仿,又是在同一个年度走进军营,都是从战士、班长起步,再到排、连、营,我们还都当过教导员,所不同的他是肩上扛着两杠三星的上校,而我转业时,部队还没有实行军衔。就这样,由于阅历相近,加之成长的时代背景、所受的环境影响以及形成的思想观念、追求的人生价值,应该说都没有什么太大差别,所以说起话来就不用担心什么,深点、浅点,我想明军是能够体谅的。

当然,我和明军最大的相同点是我们都爱诗、写诗,并且都弄出了一点小动静，明军发表在全国诸多报刊上的诗作和他即将出版的诗集就是明证。

明军是位很敏感的诗人，很善于从生活中发现诗情，从他写九寨沟的那些诗词里，不难看出他观察的敏锐和思考的深刻。

九寨沟是一处著名风景区，那里有飞瀑流泉演奏碧浪和弦，有丹艳翠枝撩拨五彩池水……脚步一踏进九寨，便有一种如入幻境之感。当年我也去过那里，也曾被它的万千景象感动、感染，可归来后，硬是没能写出一首诗。然而当读到明军收在集子中的《九寨行吟》这组诗词时，我一下子开启了心界，他写出了我想写却没能写出的那种诗的感觉。

明军在诗词中写道："九寨归来总不宁 / 梦中每见展画屏 / 一沟秀水五彩恋 / 两岸青松傍石亭 / 千尺清泉飞碧落 / 万丛翠松耸天庭 / 莫道春光无限好 / 华夏山河自古青。"（《梦萦》）诗中所营造的场境、意境、情境，所锤炼出的优美语言，堪为我所能读到的写"九寨沟"诗的佳作。这样，他把九寨沟的美入目、入心、又入梦，再落到笔下，成诗。把景美、情美、诗美艺术地统一在了一起。可以说，他的这一首连同《圣水》一诗，的确解除了很多人到九寨后那种眼前有景道不出的尴尬，且能给人以启迪，令人感悟，甚至会促人生发诗情。

明军是位有心的诗人，他走到哪里，都能留下美好的诗篇，从中还可看出作为军人的他，热爱祖国大好河山，歌咏、建设大好河山的胸怀、情操，以及美好的情致。

在武夷山上，明军这样吟唱："武夷水曲多波澜 / 叠翠层峦碧水间 / 百筏争流穿险谷 / 千篙击石闯险滩。"（《春游九曲》）仰望岷山，明军情不自禁："雪吻浮云薄九天 / 雪云相济满山巅 / 雄鹰展翅岷山过 / 欲问何处会神仙。"（《雪中岷山》）而到了象征中华民族精神的黄河，屹立壶口一隅，诗人更是敞开了情怀："谁将瀑布挂前川 / 绝壁危崖吐石泉 / 溅玉飞花千年涌 / 赏心悦目万古绵。""秋风劲扫寒气去/岂畏浪狂白露凝。""一条巨龙自天来/顿足千潭万瀑开/水滴石穿千载事/神工鬼斧万世骇。""雄风潇潇浪涛天/春潮滚滚涌海堑/蛟鲸酷爱惊涛风/鸥燕竞比穿浪尖/礁石随波勤作画/河山万里绘新篇/大江东去千里泻/独领风骚我在前。"……一首首妙诗佳作,这哪里是在吟在唱,简直是从胸腔里、从血管里喷涌出来的一种不可扼制的豪情和力量。它动人心魄,励人心志,催人奋进,恨不能去壶口与那里的瀑布一起恣肆蹈歌,方释情怀。

是的,明军作为一名从戎几十年的军人,他也留下了一些军旅诗歌,如《军旅魂》《度量》《自立》《自强》《自省》等。从这些为数不多的军事题材诗作中,不难看出明军是一位对工作高度负责,对自己要求严格,清心自律、为人诚厚、做事十分认真的人,这些,从他所创作的其他一些诗作中,如《仁》《义》《礼》《智》《信》《忠》《孝》《理》《竹》《梅》等篇章,便可得以印证。

我们中华民族文化历史悠久,丰富多彩,而诗歌则是其中的一抹重彩。因而才有人说,是否爱中国的诗歌,当是对中华民族传统文化的一种态度。所以,在中国诗歌史上,也才产生了那么多关于诗人断须苦吟和僧"敲"风"绿"的佳话,古往今来的诗人们也才那么热爱语言,热爱文字,在遣词造句方面也那么精雕细刻,很有一种"语不惊人死不休"的痴劲儿。明军也不例外,他把对中国诗歌的热爱,具体到了每一句诗,每一个字,让诗的语言美和诗的意境美和谐地统一在了他所创作的每一首新诗古韵里,使其达到了一种艺术的高度。站在这高度上,人们会发现,明军的诗,不但对自己负责,更是对人民、对中华民族文化的负责。下面仅撷取《浪淘沙·春光》一词,便可见一斑而知全豹了:

又见飞雁,忽报春光旋。天高海阔归路远,恰来春风送归燕,青丝花溅。

云淡风轻悠，佳人散怨。疏烟斜月东墙院，盼只盼金光遍洒，朝朝艳艳。

我不懂古体诗词，从未敢涉猎此域。只是感觉此章很美，才拎出来和大家一起分享。而明军会写，造诣亦久，且颇有成就，对于他，我只能望其项背。我和明军只是诗识，从未面识，抑或有朝一日彼此相见，也许这就是一个很好的话题。

2007.8　北京

工笔俏妙耐人寻味

——读诗人陈秀庭《嘉陵江纤夫》

纤夫,这个诗人笔下的形象,古今皆有,数以千计。有的为之歌,有的为之叹,有的为之号,有的为之怜;也有的诗人仅借寄纤夫,以抒发自己的某种情怀……

总之,在吟纤如叶的今天,再写这类题材,的确是很难下笔了。然而诗人陈秀庭的新作《嘉陵江纤夫》落笔颇为不俗。它构思精巧,描画细腻,立意含蓄深刻,读后余味无穷。

江水要冲走他的影子……
他把它绑在脚跟上……

短短两句,一位躬身俯首的纤夫,背负绷直的纤绳,从早到晚正在一步一步地向上游迈着、迈着,其鲜明形象跃然于读者面前。

这两句之所以写得好,我以为关键是有几个字、词下得妙。给了"影子"一个特定的形象——它不是身子在江水中的倒影,因为在流动的水中很难看到影子;它是身子在阳光下的投影,并且还是投落在江面上的。在这里"影子"起着点化时间的作用——此刻是早晨。"绑"字所起的作用也是几方面的:或是说日升影移,这时太阳已经高高挂起,投影亦从江面移向脚跟;或是说在烈日炎炎下，汗流浃背的纤夫只顾拼力拉纤了，一步也松不得，哪里还有工夫抬头望望四周的景色呢？难怪影子像绑在脚跟上一样了。

身子是个纤钩。

这一句写得也好，很形象，有意味。它不但写出了纤夫劳动的艰难场面，而且还诱发起读者对纤夫年年月月、被纤绳紧紧捆绑着，难以获得休闲的联想、遐思。

陈秀庭写诗，工笔在意，而不在词句的华丽。这是他刻意追求的艺术特色。

没有悲哀，没有幻想，任山坡的桐花年年开放。

初读这两句，差点被瞒过。细读才知道，哪里是"没有悲哀，没有幻想"啊！千百年来，以江船为家、以航运为生的纤夫们，他们历尽统治阶级的压迫与剥削之苦，其命运则同广大工人农民一样，为争取自由，不但进行过长期的奋力抗争，而且也同时敲响过欢庆解放的锣鼓。他们何曾不想：把我们从纤绳下快些解脱出来吧，我们迫切需要劳动的现代化，需要轻松愉快的生活啊！可是，千百年过去了，前天、昨天都曾幻想过的今天，却依然如旧——拉纤，还是拉纤，劳动的工具没有丝毫改进。有什么办法呢？唉，别再胡思乱想了，还是自满自足地安心拉下去吧，免得又白白高兴一场！看，正是这"没有悲哀"的妙句，才埋藏着极度的悲苦和哀叹啊。这可真是"此处无声胜有声"的妙笔巧用。

怎知道自己这顽强的身影
是否会出现在软卧的梦乡。

结尾两句,诗人采用了"设问法",从而获得了进一步的艺术效果,更加深化了诗的题旨。诗人坐在列车上,目睹此景,心里想了许多许多,其中也想到了一个有典型意义的形象,不由加问一句。

问谁呢!问什么呢?为什么问呢?发人深思。

我曾试图把"是否"改成"也"字。但一字之改,竟寓意大异。一个是情思真挚深沉,耐人寻味;一个则平直浅露,实在更动不得。

在我能够读到的陈秀庭同志的诗作中,我以为这一首值得一品。因为它——有味道,有嚼头。

1980

含幽露怨荣梅诗

2004年仲春时节，我与北京的几位文友应邀赴山东莱芜参加一个颁奖会。在泰安火车站出站口，前来接站的人中有一个女孩很清秀，还有点腼腆，也很谦恭，管我们都叫老师。当时我并不知道她就是朱荣梅，还会写诗，尤其擅长古体诗词。

就这样认识了朱荣梅，接着就关注起她发表在《光明日报》《诗刊》《中华诗词》以及《作家报》等诸多报刊上的诗词了。觉得她很了不起，这么年轻，古体诗词功夫就这么深厚，将来一定能有所作为。不过当时也想，小朱除了写古体诗词，写不写现代诗呢？这样猜想着，后来她就给我寄来了自己的一批新体诗稿，说准备选入她即将出版的新诗集中，并要我为这些诗说点什么，写点什么。

一直以来，我心里有种障碍，认为，不管是写评论还是作序言，那应是长者、智者、集大成者们站在思想和艺术的高点上，对一些人的作品进行的一种俯瞰、审视、评价、点拨和艺术观的正确阐释，而我，确实难以为之。所以，对小朱的"要求"也就连同她的诗稿一起搁在了那里。前几日，小朱又发来信息，打来电话，说，写什么、说什么、怎么写都行，不必太艺术化、太程式化了，随意写。有了小朱的这番话垫底，我也就轻松了许多。那就随便说说吧，深了浅了，对了错了，我想小朱不会见怪，别人也就不必见笑了。

就从小朱的新诗《彼岸花》《蒲公英》和《紫丁香》说起吧。

把小朱的这批诗作通读过第一遍后,我曾想,看给我留下印象的能有多少呢?于是,我便从头至尾,把当时能记住的诗都用笔画个对勾,画完后一数,嗬,竟有一半之多,真不少。这说明小朱的诗确实不错,不然就不会有这么多诗给我留下了深刻印象。于是再读,再思考分析。那诗意、诗味、诗情、诗风……便渐渐冒了出来:精美凝练,清新明丽,自然朴实,幽怨生动,当是她诗的主要基调。

小朱有不少诗,有的只有几行,却写得很到位,堪称诗短意长,语淡味浓。比如:"请你原谅/原谅我的无知和彷徨/曾使你受过无数的伤"(《请你原谅》);又如:"见面时/脸儿比霞还红/其实,那不是害羞/是心里的热血在沸腾"(《脸红》)。诗虽然只有三四行,却把少女初恋的纯美心境表露得淋漓尽致,让人过目不忘。这和那些动辄写成上百、上千甚至上万行的"大诗"比较,一点都不逊色。

早些年诗坛曾吹起过朦胧诗风,说"朦胧"是美,那么清新明丽的诗又何尝不是美呢?朱荣梅有不少诗就是这样,写得既清新明丽,又美在其中,令人品味不已。比如她的《没有在意》:"雨什么时候/停的/我没在意//花什么时候/开的/我没在意//草什么时候/绿的/我没在意//我的心是为你跳的/而你却没在意。"似这类具有一定审美价值的精短诗作,其数量占据了她新诗的很大一部分,《红杜鹃》《纸船》《让心吹吹风》《我是这样想你》《深红的奇迹》《初恋》等,读后都给人留下了深刻印象。

在小朱的新诗里,还有一部分诗作袒露的是少女怀春、渴望爱情,却又难遇知己的情怀,写得也很生动感人,致使有的男士读了她的这些诗之后,竟误以为"是为我而言",差点神情出壳。如:"相思啊,告诉我/斩断了爱恋/斩不断缠缠绵绵/我该与谁言……"(《相思啊,我该与谁说》);又如:"好想问问你/是否/我还是你梦中的新娘/穿一件红色的衣裳/似一朵娇羞的红莲

/立在你的身旁……"(《好想问你》)。这类含幽露怨的诗话,还有不少,如《不能在站台送你》《有一种爱》《春天,请你告诉我》《问君》《偶感》《转身要走时》等等,可以说这些诗都是吸引读者眼球而且能够扯动心思的佳作。

朱荣梅的新诗主要分成两个部分,除了爱情诗外,还有一部分是写家乡,吟诵家乡山水风情的,写得也很美。但主要的是爱情诗占据了大量的篇幅。是歌德说的吧,哪个少女不善怀春?作为颇有才气、刚20岁出头的年轻女孩,把怀春之季的生命感悟写成诗,甚至写出很优秀的诗,这才正常,否则岂不辜负了这大好春光。

"写吧,为了心灵"。最后,不妨把著名诗歌评论家张同吾先生当年的一篇评论文章的题目,转送给朱荣梅,也算是我的一种期待吧。

2007.9.1 北京

撼动心灵的力量

——读《肖复兴散文·情感卷》

被一本书抑或一篇文章感动得泪流满面,这种情景已经好久没有光顾我了。然而,当阅读作家出版社新近出版的《肖复兴散文·情感卷》一书时,我必须老老实实地承认,我又一次跌进了作家掀起的情感的波澜之中。

在这本书里,肖复兴笔下写的依然是普通人,是普通人的命运、普通人的喜怒哀乐。

冷湖位于青海省,是我国开发较早的一座油田,肖复兴曾先后去过三次。《冷湖吟》写的便是这座已经废弃的油田里一群昨天的创业者的故事。

三十年前,冷湖生机勃勃,当它为祖国献出了最后一滴油之后,就不可避免地沦为一片废墟。伴随着历史前进的脚步,人们走了,然而永远走不了的是烈士陵园里被累死、病死,还有冤死的那一群灵魂。复兴肃立陵园,望着一座座被沙子半掩的坟茔和一截截残缺的墓碑,情感的潮水猛烈地撞击他的心岸。他缅怀,他慨叹。他这样写道:"他们对冷湖一往情深,他们对冷湖义无反顾,冷湖因他们而碧血凝重,因他们而豪气长存,因他们而有了高昂的头颅,因他们而有了深沉的主题……"在《冷湖吟》一篇里,复兴讲了很多故事,每一个故事都很完整,每一个故事都感人至深,每一个故事都令人浮想联翩，而每一个故事却又用笔极简，有的只寥寥数笔。这除了作家所拥有的高超的表达功力之外，与他深刻地感悟人生，热切地拥抱生活，真诚投入的写作态度也不无关系。

情感是作家进行文学创作的动力。情感的潮水一来，汹涌澎湃。于是，灵感之门便被冲撞而开，搁浅的睿智便被启动，如桨的笔便频频划动，一篇篇奇妙的美文便如此问世。我想，肖复兴的散文大概就是这样生成的。不然，本是一些极普通的人，极平常的事，一旦到了复兴笔下，怎么就变得如此浩荡、深刻起来？比如《信的故事》《听雨》《遭遇夏利》《童谣》等，即使很短的篇幅，也蕴含着咀嚼不尽的人生况味。而且把一个宏阔的时代背景，很自然和谐地蕴藉其中，使人在体悟一个立体世界的同时，也触摸到作家的那颗正直、善良、真诚而又热情的心在搏动。

《母亲》《姐姐》《我们这一代》几篇写得最感人，这是复兴用生命蘸着自己的血谱写的一组撼动人们灵魂的心曲。

在《母亲》篇里，复兴把明晃晃的解剖刀对准了自己的灵魂，他在忏悔中歌颂母爱；他在自省里完善自我；他无情地进行自我审判，甚至不惜把自己切成碎块，以自己的渺小来印证母亲的高大。

熟悉复兴的人知道，他所说的《母亲》其实是位后母。母亲一生劳苦，经历坎坷，当然这其中也有复兴兄弟因年幼无知，任性、虚荣而给《母亲》添加的内容。但母亲"总是默默地忍着，将所有的苦嚼碎了，吞咽进肚里"。母亲一生善良，时时处处为复兴兄弟操心。在缺吃少穿的年代里，为了能让两个儿子吃口饱饭，她毅然将十七岁的亲生女儿送到内蒙古去自己挣饭吃。临走，还让女儿把身上仅有的一件棉大衣脱下来留给复兴穿。当八十多岁的母亲去世后，复兴走进她的房间，"打开她的柜门，看见里面她的衣服一件件都洗得干干净净，叠得整整齐齐。她没有给孩子留下一点麻烦，哪怕是一件脏衣服、一条脏手绢都没有！在她人生灯盏的油将要耗尽之时，她想的依然是孩子们！孩子们！"

这便是复兴的母亲,也是我们千千万万个人的母亲。

以平实的笔写平凡的母亲,写得震撼人心,写得催人泪下。《母亲》拨动了千千万万个人的心弦,《母亲》曾引起千千万万人的心灵共振。

肖复兴是一位著名作家,更是一位散文高手。读他的散文,仿佛在踏着台阶向上,会让你不断走向一种高度。所以人们才这样说:他的散文可做凸透镜,能把微小放大来看;他的散文可做透视镜,能把心灵袒露给人看;他的散文如望远镜,既能开阔视野,也能把天际拉近来瞧;他的散文是多棱镜,能把一个五彩缤纷的世界呈现给你。他的散文是火,能点燃,能照耀,能温暖;他的散文是水,能洗涤,能滋润……

复兴是我的好友,平时我很关注他发表在各报刊上的散文。这次集中来读,别有一番滋味在心头,有如一个组成的方阵,以整体之美涉过了我的眼前。

回荡在生命幽谷的歌

——我喜爱的诗《致橡树》

……我们分担寒潮、风雷、霹雳，

我们共享雾霭、流岚、虹霓。

仿佛永远分离，却又终身相依……

八十年代初。在辽南。一个夏日的黄昏。溪流缠绕的山脚下，我和从北京来部队探亲的妻子刘伟一边缓缓地沿小溪散步，一边我一言她一语地相互接替背诵女诗人舒婷的新作《致橡树》。其中，"仿佛永远分离，却又终身相依"一句，我们还故意说成"仿佛远远分离，却又紧紧相依"。

这首诗，当时对于我，它成了一种情感的慰藉，一种心灵的满足。同时，它也以不可抗拒的诱惑，陶冶着我的情操。

我喜爱《致橡树》。尽管不少诗评家们说，舒婷在这里用整体象征的手法构成的诗体建筑，并非一个层面，也可理解为是诗人对自私、狭隘、庸俗的人际关系的鄙视，对平等、互爱的人际关系的追求等等，但首先我是把它作为爱情诗来欣赏的。永远不会忘记，是这首诗充实了我的精神世界，使我的生命折光，一次次，把我从因为夫妻久别两地造成的孤寂、凄凉和痛苦思念的泥淖中拽出，让我在追求人生价值的过程中，不断领略着军旅生涯的意义，因而也才得到了妻子的理解和支持。

我们夫妻分居九年,要说苦,妻子更苦。一个生活在大都市的女人,孤零零独撑家门,还要抚养一个年幼的女儿,那日子可想而知。当时,妻子曾不止一次地告诉我,别人盼休假过节,她却最怕节假日。每逢这时,那种夫妻思念之情,对生活的抱怨之心,常常蛇一样地缠绕着她。如何宽慰妻子,用他人格言勉励?以政治说教相劝?或巧言花语许诺,所有这些,我们都早已感觉疲倦和无聊。

感谢《致橡树》及时地茂盛葱郁在了我和妻子面前。记得读到这首诗的当晚,我立即连夜把它抄好,寄给了千里之外的妻子。尔后在我们夫妻之间,便随之开始了以《致橡树》为引子的通信联系。有时甚至还参照《致橡树》的格式,大段大段地改写成我们各自的话语,寄给对方,以倾诉情怀,品尝用分离之苦酿制出的那份甜蜜……我的诗歌习作《守望》,可谓我们当时这些信件的一个缩影或注脚:

　　不曾潇洒
　　也没有浪漫
　　你和我
　　两座紧紧相连的山
　　一个固守神圣的领地
　　一个巍峨地保持尊严
　　风雨中彼此相互祝福
　　用一种没人听到的语言

　　我爱听你脚下潺潺的清澈
　　你仰望我头顶缭绕的烟岚
　　攀越季节的墙篱

彼此同赏花开花落
　　咫尺天涯　天涯咫尺
　　却无法拉开分离的门闩
　　让我们就这样守望成雕像吧
　　哪怕千年万年

十几年过去了，我们夫妻分居的日子虽然早已结束，但《致橡树》当初所产生的浸润心灵的力量和它所创造的那种情致美，意境美，以及蕴藉多维的艺术魅力，至今依然感染着我，诱使我常在意不自禁的情态下，打开书橱，翻开书本，品味再三。

朗朗铮气将军诗

说起将军诗人，我不由想起 800 多年前的抗金名将岳飞。一首《满江红》词，如飞瀑倾洞，似大河奔泻，曾经震撼了多少志士仁人的心灵。当年的岳元帅不会想到，800 多年后，他的 30 世孙承袭着这一诗心剑气，从一个普通的农家小院出发，走进了军营，走成了将军，一直走入了军旅诗人的行列——他就是被人们誉为将军诗人的岳宣义。

岳宣义，济南军区政治部原副主任，曾任河南省军区政委，4 年前，他又奉命调入中央纪委工作至今。

岗位变了，将军诗人还那样诗意勃发吗？浪漫的诗情和严肃的工作又是如何相互融和呢？一见面，我就向岳将军递上了一串问号。

"诗能穿越风雨迷雾，穿透人的灵魂，去追求正义和美丽，鞭笞邪恶和丑陋。所以，诗是我生命的一部分。诗离不开我，我也离不开诗。"这是将军的回答，也是他的诗观。

是的，岳宣义作为军队的一名高级干部，从战士时就和诗结下了不解之缘。繁忙的军务，艰苦的训练，即便是炮火连天保卫边疆的战场上，抑或在抗洪救灾的最前沿，他也没有停下手中的诗笔。

当过兵的人知道，部队的野营拉练，当是和平时期的军人最苦最累的一种训练方式。那时军队还是骡马化装备，一天百余里，岳宣义背着背包和战士一起摸爬滚打，同走同练。可岳宣义却苦中寻乐，练中有思，把亲历，把感受，经思想的火焰提炼，随之酿制成诗。他的一首题为《春到太行》的诗作，就是反映军队野营拉练生活的："风霆号令动苍穹，雷啸三军喜若狂。暮发西庄脚下汗，朝辞东村眉上霜。又饮清清漳河水，还唱巍巍太行腔。借问战士欲何求？铸就钢骨伏霸王。"乐观的人生，铿锵的诗句，温润、提升了野营路上战士的情怀和境界：苦被酿成了甜。

20世纪90年代初，战士徐洪刚的名字曾经响彻祖国大地。这位"见义勇为的英雄战士"，就出在岳宣义将军所在的部队。当时，岳宣义是该集团军的政治部主任，当发现徐洪刚的英雄事迹后，他意识到其行为的精神价值，立即组织发掘、整理和宣传工作，使全军乃至全国兴起了"向徐洪刚同志学习"的活动。看到自己的战士响亮地立在了全国人民面前，岳宣义喜不自胜，他随即兴奋地吟道："群雄逐鹿高峰，惊涛拍击天公。人间偏有闲狐兔，黄沙苦雨酸风。大鹏突起乌蒙，展翅直上九重。挽起金沙洗苍穹，休说有虫无龙！"（《西江月·徐洪刚》）

无疑，这是一首时代精神的赞歌，但又何尝不是对假恶丑的怒斥和对真善美的呼唤呢！

岳宣义将军毫不避讳自己是从农民家庭里走出的苦孩子。他说，是家乡那山的风骨，水的风韵，人的风情，先祖的风流，陶冶、滋润、激励了自己的情怀和心灵，使之从小便抱就了报效祖国的志愿。正因为这样的成长背景，才使岳宣义把爱祖国、爱人民、爱军队的一腔热血和真诚倾注在了他的一首首诗词歌赋里。40多年来，他不仅把自己的本职工作做得很出色，而且已成功创作出近千首诗作，发表在军内外的诸多报刊上。作品飞扬大江南北，入选《将帅诗词》，并且已出版多部诗集，2003年他又被中国作家协会吸收为会员。

我们的话题又回到了他所从事的纪检监察工作和诗歌创作上。

岳宣义的秘书李晓告诉说，岳将军的业余爱好除了散步、打台球就是看书和写诗。他办事认真严谨，而且讲求实效，工作起来一丝不苟。尽管他每天的工作都排得满满的，调纪委后还是创作和发表了不少诗作。岳将军则说，下班后他要坐半个小时的汽车才能到家，每当此刻，就在他闭目回放一天工作的同时，常常也情不自禁地要过滤一下有无诗情妙句光顾，有了就及时记下。一些小本本、纸片片真的帮了他不少忙呢。说着，岳将军还吟诵了年初去十渡参加北京市监狱管理局纪委举行的"加强党风廉政建设问题"座谈会时写就的一首新作：

> 追着红日到京西，
> 晖洒山川满眼奇。
> 有情碧波生十渡，
> 无欲群雕耸万尺。
> 啄木鸟，保健医，
> 几人知晓几人识？
> 忍辱负重唤春来，
> 声震东风卷旌旗。

诗情是浪漫的。职责是神圣的。工作是繁忙的。那天，本来说好我们几人要合影留念，谁知话题的尾声尚未结束，一个电话打来，说有件"要事"正待他上阵，不可耽搁。放下电话，将军拿起皮夹就走。那匆匆的样子，使我想到了战士的冲锋……

2004.5.5

面对《祁连情思》的情思

——《祁连情思——祁连山水泥集团职工文学作品选》序

我从部队转业到地方后，20多年来一直在《中国建材报》的副刊从事文学编辑工作，可以说对于建材行业的文学创作队伍状况以及他们所取得成就，是比较了解的。同时，对于一些建材企业的领导对这支文学队伍的重视、关心和支持，心中也基本有数。近些年来，由于一些作者受到所谓文学边沿化和其他一些因素的影响，有的淡出了文学队伍，有的调出了建材行业，有的企业领导也减弱了对文学的关注程度。因而，就我们建材行业目前的文学创作现状而言，的确不甚乐观。

然而，就在这样一种情势下，我们建材行业里仍有一些企业以及那里的领导，他们文化修养笃实、深厚，有眼光、有见地，视文化建设和职工的文学实践为构建和谐企业不可或缺的重要内容，在他们的工作日程上，总要给"文学"一席之地。他们关注职工丰富多彩的精神世界，关心企业作者队伍的成长进步，尊重他们的劳动成果，祁连山水泥集团堪称是建材行业里的一面旗帜。在以往的岁月中，他们为企业职工的文学创作就做过不少好事、实事，一部即将面世的《祁连情思——祁连山水泥集团职工文学作品选》，就是最好的明证和对他们的褒奖。

祁连山水泥集团是闪耀在我国西北黄土高原上的一颗明珠。

或许是该集团的所在地永登县曾经是我军旅生涯起步点的缘故吧，我对那里情有独钟。早在20世纪80年代末90年代初的时候（如果没记错的话，当时它叫永登水泥厂），作为报纸的一名文学编辑，我就特别关注来自那里的作者稿件。当魏士渊、张首道等一些作者的稿件到我手之后，我很看重他们的作品，并主动和他们取得联系，还给他们寄去了"建材职工重点作者登记表"，在副刊上优先刊登他们的作品；2002年，我们还共同举办过以"浇铸真诚，凝固永恒"为主题的"祁连山杯"散文有奖征文活动。那次征文活动很成功，既活跃了企业职工的文化生活，又使全国天南地北的目光，特别是广大文学爱好者的目光，曾一度聚焦在那里。

是夜，临窗遥望，天宇茫茫，目光该定格在哪里？无疑，那最明亮最灿烂的光点，才会成为千万条视线的停泊之处。所以，当下才有那么多领导为使自己的企业亮丽些再亮丽些，而不惜成本，拼力打造。但有的企业却只注重了经济、产品、销售等环节，而忽略了我们中华文化这一事关根本的深切的人文情怀。文化是什么？它如同蕴蓄在一个人身体内部的气血津，绝不是可有可无的废弃物，事关一个人的生命和健康。以此推论，大到国家、社会，小到一个企业，一旦缺失了文化这个根本，缺失了诗意灵性，人们就会失去心灵的家园。试想，那世界将是一种怎样的状况！

胡锦涛总书记在党的十七大报告中关于《推动社会主义文化大发展大繁荣》章节中指出："当今时代，文化越来越成为民族凝聚力和创造力的重要源泉，越来越成为综合国力竞争的重要因素，丰富精神文化生活越来越成为我国人民的热切愿望。"这里，胡总书记把"文化软实力"提高到了"综合国力竞争的重要因素"。什么是"软实力"？就一个企业而言，它应该是内部的文化氛围、凝聚力和对外的影响力。如果我们从文化的层面来解读《祁连情思》一书出版的价值，对内，相信它会很得人心，甚至会成为"祁连""家谱"中永久传续的重要内容；对外，它则是展示企业文化和职工精神风貌的窗口。从这些角度看,说《祁连情思》是一部既有现实意义又有潜在价值的好书,实不为过。所以,我才有理由要说:在祝贺《祁连情思》出版的同时,还要向支持和精心组织这部文学书籍顺利出版的企业领导表示由衷的敬意!

祁连山水泥集团是一块福地,生活在这块福地上的人们是幸运的。但愿有更多的文学之鹰不断地从这福地上起飞、翱翔,直到飞翔成为一道令世人瞩目的大风景。

2007.11.18.夜　北京

拧个柳笛轻轻吹

接到山东乡土诗人王耀东的诗集《插翅膀的乡事》（人民文学出版社出版），我不看序言，没读后记，而是直奔集中的每一首诗作。因为我很想在一种不受"先入为主"影响、不带任何约束的状态下，从一位陌生诗人的陌生诗集里读出一种属于自己的那份感觉和乐趣，并从中寻觅那已经离我久远了的乡情、乡韵。

读书如旅行。现在，我可以高兴地对人说：此行不虚。在这里，我的寻觅有了着落，我的企盼得到回应——那是一个被诗人轻轻吹响的柳笛，那里有美妙的心曲缭绕。

听，"五月的麦芒熟成一把把金黄的刷子／刷亮了村前清澈如水的喧响／我采一束麦穗去挠娘的脖子／娘的回眸美如明月"（《童年的阳光》）。这是诗人的柳笛发出的童真、童趣，似这类诗作和妙句，在诗集里随处可见。

又如："风爬到树梢／和鸟一起交流成熟的歌声"（《金秋杂记》）；"山顶上　有我们用／月光砌成的房子／煮开的水　是我们的激情"（《心深入之后》）；"一只又一只红蜻蜓／盘旋于天空　开几片惹人的花瓣"，"诱惑　把孩子的／不甘心／煽动成迷人的风景林／村头　立刻成了／一片喧嚷的海"（《傍晚　一群追蜻蜓的孩子》）；"洁白柔软的沙滩里／一点稚嫩／被星星望着生长", "那一个个圆头西瓜正在裸睡 / 被瓜农 / 一阵弹奏 / 甜了夏季的梦境"(《瓜田乐师》)。

读着这些清新明丽的诗句,我仿佛情不自禁地回到了童年的故乡——故乡的麦垛,故乡的山水,故乡的玩伴……村俗野趣,桩桩件件,如在眼前。

有人说,写诗是青年人的事。然而,当读罢《插翅膀的乡事》,如果不是看作者简介,谁会想到这一首首童心袒露的诗作,竟是出自一位年已花甲之人的手呢?

嫩嫩的柳笛,沉沉的乡事,浓浓的乡情。诗人以纯净的童心感知世界,用真挚的童心对世界发言。他这样吟咏:"在世态风化的日子里 / 我读你的专注 / 我读你的付出 / 走近你的清凉 / 走近你的宁静 / 取一片清叶 / 投向灵魂的镜子 / 叭的一声 / 撞出 / 一片耀眼的火花 / 擦亮长空"(《桑树的家族》);"一群纷乱的意象 / 使天空得到充实 / 有了山雀的歌声 / 才有了更加静谧 / 更加露珠晶亮的早晨", "相信人类 / 也要相信鸟 / 鸟的歌音 / 才能配得上翩翩起舞的草坪"(《山雀子旋转的天空》)。童心可爱,从童心里涌出的诗情更可爱。"文化 政治 / 都要用酒精提纯 / 唯独不提炼唐诗的绝句", "翻手为云 / 覆手为雨 / 浇不透百姓田中干裂的土地"(《酒祭》)。看,面对繁繁杂杂、凉凉热热的冷暖世界,童心也开始愤愤不平了。"庄稼人 / 把眼睛投在地上 / 谁的路歪路斜一眼分明"(《把眼睛投到地上》)。

初次品读王耀东的诗,感觉味道不错。但愿能一直品读下去,品出人生的酸甜苦辣,品出那种丰润心灵的物质。

2001.5.26

拳拳爱心　情思翩翩

——周洪安诗集《心情驿站》序

我与周洪安是多年好友。洪安要出版第二部诗集了（第一部诗集是《潮湿的记忆》），拿来诗稿，要我为他写序。诗稿有160多首，也没分类编辑，通读之后，我便把它们大致分成了三类，即：情感的，景色的和乡韵的。转眼约定的交稿时间即到，正要动笔，洪安打来电话，说他也把诗集分成了三个部分，听他说了一下分辑的意思，谁知彼此竟是惊人的一致。这"一致"其实并不奇怪，因为我和洪安不但熟悉，而且年龄相近，所思所想自然也差不了哪去。

早在十几年前，一次朋友聚会，洪安说他所在的顺义县（现在已改为区）有一位叫张海涛的青年，身残志坚，爱好文学，写作并发表了不少诗歌与歌词，让我有空时不妨去和他聊聊，看能否为他写点什么。

我去了，洪安也去了。到那里方知，洪安已经默默地帮助这青年好几年，而且从不向人透露，也不许张海涛透露。采访归来，当我在为张海涛创作的报告文学《超越躯体的拼搏》一文中企图吐露此情时，洪安固执己见，硬是不让提及。据我所知，洪安不但帮助熟悉的人，一些陌生人他也常常伸出爱的援手。一次，我们相约去京西郊游，路边，见一十来岁的孩子在为筹集上学的书本费出售自采的野菜，洪安见状，二话没说，掏出一张20元钞就递了过去。

仅这两件小事，足见洪安有一颗多么善良的心。而这善良一经入诗，所呈示的则是在责任和使命的驱动下生成的爱生活、爱家乡、爱人民、情景交融、诗意翩翩的美妙篇章。

洪安现在是一家物业公司的主管，曾经任村支书多年，对农村堪称了如指掌。他离开了农村，心并没有离开生他养他的那片土地，时时关注、牵挂着那里的农事和父老乡亲。似乎是为了提醒吧，他把一年二十四节气都写进了诗。他赞美春天："牛蹄伴奏节拍／唱出农人的心事／车道上的辙痕蹄印／是天生地造的五线谱"（《春歌》）；"春天给我太多的美感／你的笑容点缀四季的变迁／从此 我的世界不再寒冷／绚烂的生活丰富着生命的内涵"（《守候春天》）。"惊蛰"了，他提醒人们莫误农时："农人把希冀埋在土里／沟通蒸腾的地气／地也潮湿 心也潮湿"（《惊蛰》）。他关心、关注家乡人们的生活，他回忆昨天的苦日子："我奋力摇动辘轳／汲一桶凉水充饥／井台边几个拿蒲扇的老人／争执上顿不接下顿的话题／／午后 我登上场院的房顶／敲响下午出工的钟声"（《大暑》）；他歌唱今天的新生活："裸露的村庄飘浮着缕缕炊烟／余香充盈温馨的农舍／水仙花在屋内争相开放／富裕的日子把窗外的寒冬冷落"（《小寒》）。秋天是成熟的季节，是收获的日子，洪安的歌声也更加响亮："田野里低头弯腰的谷子／随风惬意地感恩土地"（《白露》）；"站在田野阡陌路旁／倾听雨点奏起五谷狂欢的交响／暑热的日子随流火激情／灌注玉米 谷子 大豆高粱／饱满在种田人心上"（《处暑》）。

洪安对农事很熟，对农村很爱，把一支支心曲唱给了那里。那里的春柳"染绿纤腰细腻的枝条／随和风在春潮里舞蹈"，那里的春雨"杏花掩映山村故里／桃花衬托十里长堤"，小草"挺身顶破尘泥"，看"大地一片盎然生机"。诚然，正是由于洪安爱他的家乡,所以当突如其来的自然灾害降临时,他担心,他忧虑,其情其义,也囊括在他的诗思之中:"一场热风 / 灼伤了杏子光滑的肌肤 / 又一场冰雹 / 击穿了山里人熟透的心情"(《西山的杏儿熟了》)。而正当果农愁锁眉梢,满腹忧虑时,他的诗陡然一转,带来喜悦,"年轻人兴冲冲举着一张保单 / 后边跟着保险公司的红色轿车"。似这类诗歌,在本集中也都有一定反映,如《拆迁的村庄》《记忆中的老屋》等。这是一个对社会、对人民负责任的诗人应为之举,正如那句世界名言所道:"即使世界明天就要结束,我也要栽我的苹果树。"

祖国山河美,处处皆胜景,古往今来的诗人们曾经为此留下无数的美妙篇章。洪安收在《心情驿站》里状绘景致的诗作,也是很值得一说的。他曾经《走近喀纳斯》,曾经面对《章泽湖》,曾经站在《嘉峪关遐想》,也曾经于《莫高窟》里沉思,都留下了不少美好的诗句。但,我以为能够引起人们心灵震颤的,还是那些赋予了浓浓情思、挟带着主观色彩的诗作为佳。比如:"我采摘绿枝上小鸟的啁啾 / 译成委婉动听的曲调"(《黄昏》),"晚风吹动夏日的黄昏 / 是谁弹奏无音的乐章 / 一种渴望 一种向往 / 随跳动的心情 舒展 / 心中寂寞已久的苍凉 / ……感恩苍天赐予的甘霖 / 珍惜北斗升起的地方 / 和风抚慰心灵的创伤 / 空寂的心不再彷徨 / ……于是 老酒依然甘醇 / 醉倒的汉子舒卧残阳"(《夏日的黄昏》),"一片落叶 / 沉重地砸在秋的额头 / 血 染红西山的枫叶 / 火红的秋色 / 燃烧成熟的思绪"(《一片落叶》)。读着这些美好的诗篇,品味着美好的诗句,心便在不知不觉间也走进了由诗人精心营造的氛围中,真想一起去歌,一起去舞,一起去分享大自然的慷慨馈赠。如果不是热爱生活的人、热爱大自然的人,是很难觅此佳句的。

面对大自然,面对一簇簇景观,当看到那些与之不和谐的另一幕时,出于诗人的良知吧,洪安也发出了自己的诗音:"……

曾经是绿荫清凉/遮挡酷暑的阳光/沐浴春风夏雨/饱尝秋冬寒霜/如今是枯木一桩/在半山的板栗园中——是谁/剥去你包裹年轮的衣裳"(《三棵枯树》),"此时我仿佛听到/小草在哭泣　禾苗/在哭泣　孤独的树/也在哭泣　这哭声/被脚下的沙尘掩饰"(《沙化的土地》),"儿时的孩子们长大了/再也看不到那遍野的蜻蜓/他深知　一只蜻蜓飞走了/所有的蜻蜓都会飞走"《一只蜻蜓飞走了》),从中,人们不难看出一个有责任心的诗人,热爱自然和保护自然的一致性。似这类诗篇,诗集中还有不少,不再一一列陈。

记得当年开始学诗,听一位诗人讲,"什么是诗?感情的结晶就是诗。"如果此言成立,以其尺度洪安的诗,本集中有相当一部分应归于此类,所以,他把该书定名为《心情驿站》是有理由的。下面就录下一首名为《心情驿站》的部分句段,供品味:

> 人生不知有多少驿站
> 令我走进季节的港湾
> 满载激情满载收获
> 像奔驰的列车驶入喧哗的边缘
>
> 心情击打着生活的节拍
> 命运安排了太多的终点
> 每一处都是痴狂后的冷静
> 冷静中寻找新的起点
> 谁能理解我举步的艰难

仅这最后一句,如一道门隙,便使人们窥视到了一个在人生路上曾经苦苦挣扎、奋力拼搏、艰难行进的灵魂。这就是诗歌的力量和价值,一句真的能顶它百语千言呢。

就整部诗集而言，这首《心情驿站》并非集中的高作，其他一些情感方面的诗写得也不错，有不少是含蓄地透露了诗人的丝丝心绪，只有仔细品味，才能瞧见其轨迹。如"让手中的体温 / 感觉你娇羞的气息 / 眼神与眼神对望 / 品读你往日里每一个细节"（《照片》），你"轻轻潜入我的梦乡 / 那是一片神秘的花园 / 有蝶儿恋花流水潺潺"（《梦境》），"你的真情如柔美的画笔 / 在我灵魂的空间写意 /……我时常站在世俗的藩篱 / 谛听牵牛花攀援哭泣 / 我的眼神穿透密匝的缝隙 / 在身外的世界依附着你"（《情愫》）。人们曾玩笑地说，诗人是情感的播种机。初闻，这话有些贬义；实则，也不无道理。诗人是情感的化身吗！谁说的，记不得。但诗人的确有一个敏捷、多思、善感的情怀。情志所至，凡优秀的诗人无不敢于为真善美而狂歌，因假恶丑而迁怒。所以，从古至今，才留下了那么多脍炙人口的诗篇。

了解洪安的人知道，他为人诚实厚道，始终把亲情、友情摆在至高的位置上。感恩父亲母亲，他留下过《清明》；怀念姐姐，他有《无尽的思念》；难忘朋友，他情不自禁："柳芽初上的早晨 / 你匆匆地走了 / 宛如一朵远去的云 / 飘出我眺望的视线 / 我站成一棵守望的树"（《守望》）。此外，还有一些情感类的诗，读后也使人滋生出酸酸涩涩的味道。总之，洪安在即将出版的《心情驿站》诗集中，该说、值得一说的诗作还有不少，这里就不再赘述，余者由读者去品味吧。

我极少为人写序，至今也不知道"序"究竟该怎样写才合适，只能是怎么感觉就怎么说了。不妥之处，请洪安补正即是。

让诗和泥土一起芳香

农民工，就社会而言，是个大群体；就国家而言，是件大事情；就诗歌而言，是种大题材。因而，才迫使所有关注他们的人，必须以大胸怀、大情感、大气魄、大手笔为之，方出"佳作"。这组散发着泥土般芳香味道的《农民工之歌》（刘迅甫著），可谓是一次有益的尝试。

前不久，我去福建泰宁，在寨下大峡谷穿越一片竹林时，从毛竹生长的过程中领略一种见识，即"根"的事情。

毛竹是世界上生长速度最快的植物，45天时间，就能长到20多米高。而后5年的时间里毛竹丝毫不长，到了第六年雨季到来的时候，它却又以每天1.8米的速度向上挺进，15天左右就可以长高20多米。更为奇特的是在它快速生长的那段日子里，处在它周围10多米内的其他植物会像接到命令似的都停止了生长。等到它的生长期结束后，那些植物才又获得了生长的权利。继而，我又从内行的植物学家那里获知，毛竹的前5年不是没有生长，只不过是以一种不易被人发觉的方式在努力地往地下发展。经过5年的"地下工作"，一株雏竹的根系已经向周围伸展了10多米，向地下也深扎了近5米。所以，当第六年雨季到来的时候，它才能够以如此快速的方式独自生长。

从毛竹的生长过程，人们或许会受到一种启悟：天人合一，心同自然。只有打牢基础，扎扎实实地做好强壮根的事情，才会如毛竹一样拥有强大的生命力和旺盛的生长力。这不能不说是给人类社会中一些喜好张扬、爱做表面文章、搞面子工程的人一种有力的暗示和提醒。

30多年来，随着我国改革开放的进程和大规模经济建设的需要，农村的剩余劳动力大批地进了城。他们或挥汗于建筑工地，或辛劳在清洁队伍，或搓背捏脚，或洗碗扛包；一边为生计所苦，一边为寻梦奔跑，大街小巷处处都留下了他们忙碌的身影。起初，他们几乎就像一棵棵无人问津的小草，"吮吸着他人丢失的空气，咀嚼着剩余的阳光味道"，用"卑贱和低微酿制心曲，悄悄地唱给远方的路标"（见拙作《其实，诗人不过是一棵草》），以自生自灭的方式生存着，存在着，并且一度成为一种"话题"，任由生活在城市的人们品评、议论，甚至说三道四。

这些进城打工的人，就是农民工，他们虽处在社会的底层，却是国家兴盛之根本。他们的付出，他们的贡献，有目共睹。然而他们所面临的一系列"问题"呢，起初并没太引起人们的重视，至于被作为一项"课题"认真"研究"和"解决"，似乎也只是近些年的事情。

由"话题"、"问题"直到成为"课题"，是一种境界的提升，是社会的一大进步。上至总书记、总理，下至角角落落的用人单位，都在或正在把农民工当成一项重要工作，认真"操办"。诗歌作为意识形态领域的一个组成部分，自然也不能缺位，刘迅甫的纪实诗报告《农民工之歌》堪称一声响亮的回应。

在《农民工之歌》里，诗人以真实的情感，质朴的诗语，紧紧围绕农民工所面临的诸多问题，或以宏阔的情怀关照，或以微细的目光审视，无论是自白式的倾诉，还是直抒胸臆的表白，无不流露出作者对农民工兄弟的关心、热爱、理解、同情以及对这个庞大群体中真善美的歌唱和对他们的未来的企盼。这里,有书写农民工劳作之苦的《夫妻洗墙工》,令人毛骨悚然;有述说农民工命运之苦的《树叶的飘落与季节无关》和《早谢的花蕾》,让人心怀凄婉;有倾诉农民工情怀之忧的《乡愁》《月下心语》《留守儿童的自白》《渐渐被冷落的故乡》,使人心情沉重;有歌赞农民工心灵之美的《我是一棵小草》《城中村》,读之让人心生敬意;有寄语人们的心中之盼《请别叫我们打工仔》《十八罗汉归故乡》,给人以信心和力量。

在诗的最后,当农民工饱经了打工路上的风雨,心灵被花花绿绿的城市生活濡染、滋养、丰富之后,他们心依何方,情归何处?诗人在《十八罗汉归故乡》里满怀激情和企盼:"我们把十年的风雨/打成一个沉甸甸的行囊/沿着这条古老的河床/回到我们日夜思念的故乡","今天归来的游子/不再有青春年少的迷茫/在离别家乡的十年里/我们已把汗水铸造成黄金/我们已把辛酸成就了辉煌"。当诗人把农民工立志改造家乡、建设家乡的美好蓝图描绘之后,继而又号角般地吟道:新时代的农民,/在希望的田野上,/放飞祖辈的梦想。/新时代的农村,插上腾飞的翅膀,一日千里奔向小康。

诗人把美好的理想寄予诗情,不消极,不低沉。这些诗是写给农民工的歌,是一支昂扬、向善、向上,含蕴着拼搏、奋斗和奉献精神的时代之歌。

当下,农民工的事情远没有结束,包括他们自身在内的各种老"问题"、新"情况"依然不少,有些的确也需要引导,需要教化和提升,"课题"的研究和解决任重道远,依然需要各方面的倍加重视和努力,所以才需人们要像关心与呵护植物的根那样真诚地善以待之。当然,在关注农民工的事情上,不否认也会有假托根的名义、喜好做表面文章、搞面子工程的人。但愿我们的诗人不会这样,我们的诗歌不会这样;而是甘愿让自己的诗贴着地面行走,最好把双脚踩进泥土里,为了根的事情,实实在在,不图热闹。不为攀上什么高度,不为掌声,也不为鲜花,只为诗。

2011.9 北京

诗情诗美与诗性共舞

——读程晓逊诗集《走动的土地》

1988年年初的一天，我从自然来稿中看到了来自陕西咸阳陶瓷厂一位作者的诗稿，标题为《寻找回来的童年箴言》。读后，感到诗写得很有灵气，认为作者有一定的创作前景，便立即编好，并很快刊登在由我负责的《五色石》文学副刊上。该诗的作者就是程晓逊。

后来知道，程晓逊说这是他的诗第一次在公开发行的报纸上变成铅字。正是这一首30多行的短诗，鼓舞了他，激励了他，使他的生命中再次燃烧起诗的火焰，否则，也许他就真的与诗无缘了。因为，此前他曾一次次地把自己苦心创作的诗歌寄往一些编辑部，结果不是被无情地退回，就是石沉大海，杳无音信，他甚至怀疑自己可能不是写诗的材料。同样，他说寄这首诗时也没抱什么太大希望，只是想再最后试一把，如还不中，就从此与诗"拜拜"了。

由此，也提醒了我，想到了建材行业里那些辛辛苦苦耕耘在工矿企业的文学爱好者们写作的艰辛，以及他们渴望自己的作品被认可、走向版面、走近广大读者的心愿和企盼，于是，便在《五色石》文学版上相继开辟了"未名园"、"建材职工文学作品选"和"建材职工重点作者作品专页"等栏目。在这些栏目里，不但刊登习作者的稿件，而且也刊登一些比较成熟的作者的稿件，还不定期地利用一个版的篇幅，专门推荐一个人的作品。当然，前提必须是建材行业职工。程晓逊就是曾经被重点推荐的建材行业的作者之一。

晓逊终于出版诗集了，很为他高兴了一阵子。因为他的诗的确不错，其艺术水平堪为上乘，诗坛名家们为此也早有评价。著名诗歌评论家、中国诗歌学会秘书长张同吾在有关诗歌评论中先后曾3次提及他的诗，说"程晓逊的诗风是苍劲而凝重的，又富有内在的节奏感，能感到古典诗词熏染的印痕，且又在当代意识关照中赋予诗以新的美学情趣"（1993.3）；"程晓逊以浓郁的感情讴歌土地的恩泽和对家园的眷恋……诗里流动着一种悲怆雄浑之风，那种悲喜交融的眼泪又滋润着家园，其余味是耐人咀嚼的"（1994.5）；"程晓逊的组诗《世纪文学雕像》，凸现了鲁迅、郭沫若、陈独秀三位'五四'新文化运动的先驱的性格风貌与文化功绩，面对他们浩瀚如海洋般的学识，迷乱如星云般的生存背景，激越如风雷般的历史变革，诗人该从哪里出发走向巨人的身影？程晓逊是巧妙的"，"他让具体与空灵相统一，在独有意味的意象中含有咀嚼不尽的情思"（1999.10）。著名诗人雷抒雁对他的诗也颇为称道，说"程晓逊善于以生活的情景与自然的风光勾画诗的画面，写得很美"，"写得新鲜而别致，显示了他对新生活细微的观察"（1995.6）。几乎同时，著名诗人叶延滨、王恩宇等对程晓逊的诗都有过中肯的评述，说他的诗联想丰富，感情丰富，以情动人，很美。

程晓逊，一个地道的农民之子，一个常年在工厂、在基层打拼的黄土坡上的汉子，其诗缘何赢得了名家们的青睐？揣着这样的问号，当我翻开他新近出版的诗集《走动的土地》后发现，名家们对他诗歌的肯定和评价是恰当的。

诗的雄浑与凝重，是程晓逊生命之树绽放的绚烂花朵

程晓逊曾为军人，1979年在保卫南疆的那场战争中负伤。在告别了烈士陵园里那些朝夕相处的战友之后，他复员被分配到陕西咸阳陶瓷厂工作至今。许是经历了死亡之网过滤后更加珍惜生命的可贵，他庆幸自己的生还，珍视自己的所得，在新的岗位上期望以加倍的努力为生命增值。那时他担任工厂的团委书记，繁忙之余开始习作诗歌。他写战友，写家乡，写人生，写命运，也写让他思索、给他心灵震颤的八百里秦川，以及那片深厚土地上的雄风悲歌。请看这诗句：

秋天自额顶降落／无言的愁　丝丝缕缕／不忍触痛岁月的手／／站在那一片文字下面／无须仰望／就可触摸到你的胡须／香烟潮动／你如火如冰的双眉／凝聚千年风骨与沧桑／让我认读　骄傲背后的／另一种真实……（《五丈原》）

再看：

一路叮当　叮当／中国的尘埃如烟腾起／如烟腾起／听凭远处洁白的雪莲／无声开放　无声吟哦／黑太阳背面　风之巅／古老的驼队／弯曲山的队伍／而抵达历史海拔高峰／是先期蹄印／无论如何也掩埋不了的／一声声　血泪／／古道阳关　大风散尽／灞水滩头一袭淡淡的别恨／把生死含尽／白云下面马儿跑／白云下面　白骨上面／由谁评说……（《驼铃》）

两首诗分别从不同角度把历史深处的那一簇簇风景，画卷般展现在了人们面前，思之令人不仅要感叹中华民族文化深远的根基和曾经辉煌的古老文明。当面对一只累年累月的陶体，他沉思历史的照耀，他呼唤文化的更新：几千年过去了，在祖宗留下的文明面前，他期望人们要把握盛世，力求我们的社会发展得快些，进步得好些，不应该"季节之外　海北山南／收了种种了收的

还是/农业经验"(《半坡陶体》)。类似这样可读可品的诗,在本集中还有不少,如《塞上羌笛》《雪山礼赞》《走西口》《流浪的歌声》《渭城》《忠诚》《霍去病墓》等等。这些诗或歌吟或慨叹,或思古或抚今,都赋予了这一个个寄托灵魂的载体,让短短的诗有了一种非细读不能悟透的雄浑和凝重,从而也触摸到了一个行走着、思索着、活灵活现生存着和存在着的诗人程晓逊。

诗的含蓄或朦胧,生成了程晓逊诗歌的独特抒情方式

曾经有人说,程晓逊的诗有的像蒙着纱,有的像隔着雾,读起来往往有些障碍;也有人说,程晓逊的诗很有张力,耐咀嚼,细品方得其味。我比较认同后一种说法,因为程晓逊的诗的确有种一下子难见端倪的朦胧感。那是他把诗意深深地埋进诗语,又把诗语拧干了水分的缘故。比如阅读诗集《走动的土地》部分诗作,就有一种不易见底的深度。甚至,同一首诗作会有几种解读的情况发生。这话并不算夸张,有诗为证:

流水的声音是美丽的声音/风 来自海洋/鱼闻讯海洋的方向/不懈地回泳 就有/阳光网一般铺设开来/鱼鳃鼓动的姿势/多情又绵长//网中的鱼将网当做家园/以水草构筑爱情/用危险放荡幸福 网中鱼//只相信捕猎的手掌/是季节唯一的馈赠/殉难 便是不冬眠的泪/雷声远去 一生的期望/竖立永远的对岸/秋天的童话依然动人/河水汩汩/鱼 望眼欲穿(《春讯》)。

对于这首诗,就有人做过不同的释解:有说这首诗反映的是人们厌恶陈腐、企盼改革心情的,有说是在规劝贪图安逸者求进的,有说是讽讥只说不干说大话的,有说是批评上级猛"打雷"下边却顶着抗着就是不肯"下雨"的,有说是反映社会扫黄打非的……当然也有另外一些说法,甚至彼此完全相悖,等等。总之,这首诗是不能用"唯一"来解读的,也许这就是程晓逊诗歌的魅力所在。像这样的诗在本书中决非仅有，相信读者对此类诗歌会由于经历、阅历、视角和认知的异同，读出各自心中的山水。正是由于这些浓缩着诗人诗情诗意诗作的存在，也更增加了诗集《走动的土地》的厚度和重量，所以把它拿在手里才有一种沉甸甸的感觉。

诗的真诚与亲切，使人们感悟着程晓逊的诗情诗美和诗性

生活是诗的家园，生活是诗歌赖以存在的原点和归宿。因而，只有热爱生活的诗人发自心灵的歌唱，才是真正的歌唱，其诗也才有鲜活的生命力。无疑，从《走动的土地》里人们不难读出程晓逊所拥有的这份素质。

我一直以为，诗歌和音乐、舞蹈一样，那是心灵与自然的对话，并非人人所能为。这个"自然"就是诗的诞生"场"。"感时花溅泪，恨别鸟惊心"，程晓逊正是从诗人的心灵出发，在他生活着工作着的"场"里，在很多人都习以为常、熟视无睹的地方发现诗情，吟成了无愧于土地、无愧于良知的歌唱。

他怀念生他养他的家乡和亲人，《在祖母坟前》，他忆，他思，他忏悔，他流泪："飞雪的夜晚/吱扭的纺车与屋墙上/清癯的身影，是我这一生/学得最早的歌谣/而我总是把你当做打开的/布伞，遮风挡雨/童年又青年，你亲切的笑语/是一面永远晴明的天空/一直让我无忧无虑地/走着，走着/就像那年，你潮湿的眺望里/我头也未回地走向/那片，红得灿烂的秋风"。诗深情、悲戚而亲切，读着它，泪水情不自禁地在眼圈里打转。他热爱《乡音》"是桥是船/是我羁旅人生的/通行证"，即使"走出山山水水沟沟梁梁/走过黄土地红土地黑土地/却无法走完乡音/千里万里的/呼唤"；在遥远的他乡，每当听到"雁群飞动的声音"，"叫我楚楚动心的/依旧是北方乡野那幕沉重的/瑰丽"（《谷粒》）；

在遥远的边疆，他《思念家乡》《遥望乡路》，想着去《看望一株老玉米》；在隆隆的车间，他不忘《犁韵》，赞美《锄头》，以一颗童真的赤子之心，真切地抒发了他对家乡的热爱之情。

程晓逊所在的企业是一家国有陶瓷厂，1996年我曾经顺路去看望过他，那里的领导和职工对程晓逊的人品和能力都有过上佳的评说。或许正为此，才使他更加热爱那里的一切，一干就是20多年，直至企业倒闭了，工人下岗了，而他却至今还"留守着工厂的废址，像一个孤独的守陵人"（雷抒雁《哭泣的公蝉》），不肯离去。

的确，从诗集《走动的土地》中不难看出，刚进入知天命之年的程晓逊或许真的要与企业共命运了。曾经有人这样认为，凭晓逊的能力，在当地的影响以及做事的那份认真、精干和执着，早几年时，他重新找个单位，换个好些的地方，应该说不是什么难事。可程晓逊就是抱定青山不放松，不肯离开这块曾经为他孕育诗情、养育他诗性的热土，决心以自己的真诚，守护好这片土地。用他自己的话说，也是为了那些曾经关心、帮助过自己，一起打拼过的工友们碗里能有饭吃。在《怀想出窑的日子》里，他这样流露自己的心迹，"缄默久了 其实／窑炉未必完全明白／当一个人终生迷误在／陶瓷这一片热土／并且 毫无悔倦地走向孤独／这生命更高处的风景 于我们／生活与热爱的世界／究竟 意味着什么／／想起出窑的情节／手边的任何一件瓷器 霎时／都变得庄重起来"。

程晓逊由对工厂的热爱而升华为诗，在《走动的土地》里为数不少。他热爱祖国，喜爱陶瓷，陶瓷与祖国息息相关，本集中与陶瓷相关的诗就达十来首。他钟情企业，热爱工友，歌唱劳动，相关的诗更多。《师傅，你是一棵季节树》《走向窑炉》《汗珠》《模具工人》……每一首都是敲一敲当当响，拎一拎沉甸甸，都能给人一种非同凡响的感想。"回眸相顾 难免匆匆一瞥／激动或缺憾/总是折叠台前的日子"(《包装台前》),"火的栅栏以外　聆听/瓷的呻吟声声/燃烧的眸子/流不尽泥土的风情"(《陶瓷壁画》),"守望季节边缘　无数/缀满品德和汗水的手掌/穿过风尘/去美丽城市的容颜　那时/无论谁眸子闪烁的喜悦/都会让一个世纪　扬起/含羞的头颅"(《怀想出窑的日子》)。这些朴实而生动、具体而飞扬的诗篇,如果不是在场的亲身经历,没有感同身受,只凭那种走马看花"采风"式的匆匆一瞥,是难以出此佳作的。

20多年前,我曾把程晓逊的诗作《寻找回来的童年箴言》第一次由手写体变为铅字,并且被他认为是改变自己人生走向的一个节点。下面,就摘录该诗的部分章节,与大家分享:

小小的年纪/就想要摘下/月宫里那枚青青的橄榄/寻觅的双足/沿着太阳的金线/找到了一片结满童话的果园/外婆的故事/妈妈的针线/在灯下/织成了一叶美丽的小帆/为了蓝天下/那苍茫的大海/和那大海上/长长的彩练/悄悄地/悄悄驶出了/自己神秘的港湾……

从"悄悄"到公开有一个过程,既是心理的也是客观的。现在,晓逊的诗早已由"悄悄"走向了大报大刊亮相,并且还在继续行走着。由此我不由想起了自己叫作《诗人为什么要写诗》的一首旧作,录下,与晓逊共勉:

让喜悦有个着落/给沉思找把梯子/使忧愤有个回声/为悲伤找条出路/有时候　也许/什么也不因为/心情也说不清楚/只想泪水能有个池子/滋润良知/洗洗心性……

2011.3

诗人若虹　诗语灼人

瞧着诗友若虹的新诗集《雨水打不散羊群》这名字，一股从书中袅袅飘出的黄土味、野草味、炊烟味，令我顿生羡意。读，立刻读，一直读下去。果不然，那一幅幅乡情画，一声声黄土谣，一滴滴心中泪，把一个漂泊游子意识深处积蓄了太久的万千风景，全方位地抖了出来。那风景，或许是一棵小草的晃动，或许是一粒石子的诉说，或许是一只羊、一头驴、一条小狗的憨态，或许是一双茧手、一个孩子、一个沉重蹒跚的身影……大到黄土塬、黄河浪，小到一片叶、一朵花……诗人都寄予了无尽情思，赋予了百般灵性。

若虹的诗靠什么获得如此上佳的效果呢？其理由自然很多，但我以为诗人丰富的诗歌语言，以及对语言的巧妙运用，则是成就该诗集不容小觑的重要元素。

何为好诗？有许多见仁见智的谈论，但我比较认同：诗意美、构思美、语言美相统一的说法，因为，诗的价值取向就是求美、审美。这里仅就若虹诗歌的语言美，谈点粗浅认识，并以此就教于方家同仁。

若虹是以怎样优美的诗语撩拨起人的阅读兴趣的呢？

简短的诗语像一滴露,映照出廓大影物

请看:"那一刻/全国的粮食都躲在粮票里/躲在那深深的牛蹄印里/躲在父母亲一年四季不旱的汗水里/默不作声"(《1988·母亲·粮票》)。无疑,这几句当是本诗的诗核。沉重的诗语,浓浓的诗味,品读再三,直压得人喘不过气来。凡是经历过那个缺吃少穿年代的人,不必添加任何赘语,一下子就明白此诗所要表达的是什么了。又如:"她不敢歇脚/脚被牛和猪的叫声/搓的绳子 牵着"(《背一背草的二嫂》),一个为了生计,一天天从早到晚辛劳着,奔忙着,隐忍着,可怜可敬的农村妇女形象不知不觉间跃然心中。如这般以小涵大、令人浮想联翩的诗语,在若虹诗集里随处可见。

灵动的诗语如一朵云,装饰着蓝蓝的天空

品读若虹的诗,会有这样一种感觉,本是一首很普通的诗,经他三下五除二地那么一搬一运一安排,那诗便活了灵了有了生命了。这类诗作也是信手拈来:"被秋风勒净绿色的草 如/换装的战士/在一声命令中齐刷刷卧倒//……枯黄的草,把整个冬天背在背上/用一根根骨头爱着/爱得一言不发"(《倒伏的草》),冬天里倒伏的枯草,十分普通的诗材,经若虹这么一炒一拌,这诗便有滋有味了;"一棵站在黄河里的小树/被怀里空无一物的河水兴奋地抱着/左摇右晃/它不敢前进/也不敢后退/挣扎着/我担心 它会像一个小孩子/站着站着 就站不住了"(《站在河里的一棵小树》),这是一幅生动的"激流湍木图",短短几句,给了读者丰富的想象空间——回想、联想、遐想,甚至畅想,由物及物,由物及人,可以想成即将发生的悲剧,也可以想成向命

运挑战的壮美。几句诗就能给人这么多联想，这么大的震撼，堪为诗歌之上乘。这样的诗，谁不想去品读一下呢？这是缘于诗歌语言的优美而释放出的魅力。

深沉的诗语播一腔情，洒满故乡的角角落落

为生存计，为存在谋，若虹在京漂泊多年。他虽远离家乡，而爱家乡、思亲人的赤子情怀，却始终折磨着他善感的诗心。在《雨水打不散羊群》整本诗集里，他用了大量篇幅来抒发对家乡的思念与眷恋，这里有山有水，有草有木，有人有物，甚至连一只小兔，一粒小枣，一盏油灯，都寄托着他的心愿。而承载他情怀的正是对诗语的自如运用。他《回家看娘》："一下汽车，西北风／就来打我，还带着沙子／像乡音里硬硬的字／硬硬地怨我回来太晚／／土路上还有雪，白着／白得稀稀落落／难道雪也回来看娘／／我突然一阵阵地心痛／肯定是娘坐在炕沿／掰着手指／念叨我的乳名／结果将我掐疼／／……快到门口了／风在门口使劲推着／我却不敢进门／我怕娘已失明的眼睛／一下认出我来"。读这首诗，简直能把人读出眼泪，无疑，这是能意会却难以言传的诗歌语言在发酵。回家后，母亲已不在人世，抱了诗人五十年的母亲，终于被儿子抱了一回，但那抱着的却是母亲的遗像："妈妈，我终于抱了你一回／当我赶回来抱你时你已瘦成一张照片／被镶嵌在窗户般的相框里看着我／……妈妈，我抱着、抱着你／用心抱着，用泪抱着／抱着你走最后一程"（《我终于抱了母亲一回》），读这样的诗心情真的是难以平静。

芬芳的诗语如一地花，满园春色飘荡香气

一个个跳跃的文字，一句句鲜活的诗语，直逼得土坷垃起舞，

黄泥巴说话，这是一种非同寻常的功夫。面对《风中的草》，诗人看到的是："风，使劲摁住它们／让它们弯腰／一棵草，忍着，咬紧牙关／一地草，也忍着，／咬紧牙关∥……这些草，这些招展绿色信念的旗帜／一次次弯下来／又一次次立起来∥风吹草低／但风吹草不折／一棵长着硬骨的小草／一地长着硬骨的小草／被急速吹来的风／读出了琅琅的声响"。还是《那些草》，它们渴望生长、发芽，看我们的诗人怎么说："那么多草儿后面／又有那么多不安分的小草／屏着气从地下拱出来／脸憋得，很青／青得令人心疼"。这些活灵活现的文字所营造的意境，谁还否认这是优美的诗歌语言在尽心尽力地发挥作用呢！似这类生动得令人陶醉的诗语，说满纸皆是实不为过。也许诗人曾经听到了《一头牛对火车叫了一声》，多么平常普通的小事，诗人却让那"叫声"入诗了：一头增加了黄土塬高度的牛，在低头拉着犁铧耕地，望着开过来的火车，它是在企望火车停一停、看一看自己吗？对着隆隆奔驰的火车叫了一声，而"说着生硬外地口音的火车"呢，不理不睬，却"不服水土地开走了"。短短两句，把庄稼人的心中所盼和盘托出，这无可挑剔的诗语美令人折服。

如果说《雨水打不散羊群》为读者营造的是一座花园，那些优美的诗语则是摇曳在茵茵绿屏上的花枝，让我们不妨再信手采撷几朵，看那美艳与芬芳是如何的沁人肺腑。《枣子红了》，该收获了，诗人正在捡拾打落地下的枣子："我对枣子的感恩，就是／让十指跪着行走，一粒一跪"；在黄河岸边，诗人看见一个女孩在洗手绢，说那是"擦玻璃似的 用手绢擦拭黄河"；望着《风中的炊烟》，诗人说"村庄上空的炊烟被风编成辫子／攥在手里揪着，像揪着村庄花白的头发／欲把村庄连根拔起"；《午后的山村》里，"有几个老人掀起棉布帘子走出来／残留在墙角的爆竹红纸屑／疯了似的追着鞋底跑"。这样的诗语，奇特、奇美、生动、贴切，把景物，把事物，把情思，特写镜头般一一展现，不容人不去欣赏、赞叹。

诗是抒情的艺术，这抒情，这艺术常常是以精美恰切的语言来实现的。所以说，一个诗人对语言运用的优与劣，往往会决定一首诗或一个诗人的高与低。看得出，若虹是站在诗的高点上来俯瞰并审视自己的诗写过程的，所以他才能够调动那么多优美的语言为其诗"服务"。通读整本诗集，一些活灵活现且被运用得精准恰当的语言比比皆是，几乎每一首诗里都能读到让你耳目一新或心中一动的美妙诗语。总之，对诗歌语言的精当运用，是《雨水打不散羊群》的可贵之处，也是诗人若虹不断走向诗的高处的成功之妙。

人们常说，构思是诗的筋骨，立意是诗的灵魂，诗材是诗的血肉，诗的语言仅仅是诗的衣服。试想，一个有血有肉有筋骨、有灵魂的人，如果再有一套既漂亮又得体的衣服加身，面对这样的一种美好，谁不想多看上几眼呢！若虹的诗就有这种功效：看了还想看，因为他的诗有种惑人的美。

2015.10

诗心善念真气的追问

——读王爱红的诗

王爱红是美术评论家,是书法家,也是诗人。看过他的美术评论集,获赠过他的书法,然而有规模地一口气读他几十首诗还是第一次,而且这第一次的感觉还很不错:不浮,不躁,甚至要引发人们对当代社会、现实生活以及命运、人性和灵魂的某些思考或追问。

按说,诗就是诗,应在轻松、自如的氛围中自然生成,即便欣赏亦如此,不必令其承载得太多太重。而爱红的诗,诗语虽然平实自然,但字里行间的确蕴藉了这种承载,如果不说出来,就难以解读他诗的真正含义。

爱红的这些诗,有如一幅当代社会立体版的"上河图",把都市生活真实地展现在了读者面前。在这幅图里,人们看到了什么呢?

首先是天上的飞机:"十架由武装直升机和运输机组成的机群飞临仙桃上空,让市民兴奋不已。绕城飞行的机群由仙桃籍上校许德胜领航,在9月3日的阅兵式上,他带领队员率先飞过天安门广场上空。他向部队提出申请,用这种方式向家乡致意,获得批准。"这是诗歌《从天安门广场飞抵家乡的机群》的题记。

人们不会忘记在"9.3"大阅兵式上那个用武装直升机组成的

两个阿拉伯数字"70",而人们没有想到的是这个机群于阅兵仪式后,在上校许德胜的带领下,却做了一个浪漫的扩胸运动,带领10架武装直升机飞抵他的家乡。他们飞抵家乡去做什么呢?这位上校是浪漫的,"浪漫得像个诗人",他要让"9.3"大阅兵的意义延长,延长到军人的家乡,要在那里放飞和平的白鸽——为了祖国,为了家乡。诗人兴奋地赞美:"蔚为壮观的是家乡的人们 / 在一个大屏幕上 / 看到了,岂止是十架飞机 / 那可是百万的量"。一句"百万的量",让诗意大增,对于上校的这次飞行意义,也就无须再做任何解释了。

爱红的诗不止关注天上,更关注市井的角落深处。如《通讯营业点记》《是真的还是假的》《用肖像所作的广告》《他来看升旗》等,都在一定程度上真实地反映了市井生活的现实存在:面对不明真相者,忧其上当受骗,他扶助;面对落魄底层、生活无着者他捧出爱心;当然对于那些混迹于市井者,或揭露,或抨击,在诗里也都给予了反映。

看得出,爱红是一位有责任心的诗人。他的诗充满了正能量元素,即便是暴露、批评,也是满含善意。面对都市里无处不有的行乞者,各人会有各人的看法说法和做法。而诗人呢,既分析了这种历史遗存的客观性,也别出心裁地指出其存在则是催促社会行进的一种力量,并且告诫人们:贫困依然存在,大家尚须努力;抑或珍存"我还算好的自我安慰感"。当然,更多的还是对一些年轻力壮行乞者的批评和规劝:"不执着,也不气锐 / 逐渐成为行乞者身上,像 / 老茧一样的硬皮 / 怎么掐也不疼 / 撕下一块儿 / 也没有血肉那样的表情"(《行与乞是怎样构成的》)。当面对穿着阔绰、声称自己怎么怎么了的乞者时,诗人同无数的路遇者一样,也不由疑惑起来:《是真的还是假的》?如果是真的,你不帮,心里确实过意不去;如果是假的,你帮了,"他们有没有不可告人的秘密 / 我为自己的闪退而久久不得释怀"。为一个与己无关的乞者竟纠结半天，这正是诗人那颗诗心善念的溢露。当看出乞者的一些缝隙之后，诗人还是大声地向眼前的乞者、向更多的人发出了自己的声音：

> 这么年纪轻轻的乞者
> 这么漂漂亮亮的乞者
> 我还是第一次见到
> 就是为了遇见我，这样的打扮
> 大可不必，作为一个偶然
> 说实话，我情愿他们是强盗
> 也不愿意他们是乞者
> 他们迫切的索要已经接近抢劫了
> 快来救救他们吧

但愿诗人的呼唤能够惊醒那些昏睡的灵魂。

当然，如果把此处的"行乞者"和"乞者"翻个底瞧，扭个身看，就不仅仅是指市井里的这些存在了：试想，如果一个正值年富力壮的人不爱劳动，不去奋斗，只靠一点微薄的赐予，甚至投机取巧地活着，又何尝不是地道的"行乞者"或"乞者"呢！这就是爱红诗歌的深刻部分，读其诗，切莫忽略了这一元素。

爱红的诗看似平淡，也没有那种大轰大嗡刺痛人心的语言，细读则会发现，他的诗里具有很充实很厚重很令人回味琢磨的内容。比如时下微信圈流行的发红包，诗人却执拗地说《我不发红包》。"我不发红包/也不乞求红包"，"每次，我点开红包/这个下意识的动作/都让我汗往下流/我无以回报呀/我意识到这一点小钱/可能会误导了我们的大事/因为每次我们都像孔乙己/在无形中贬损了自己"。面对快捷却轻浮的微信圈现象，诗人是冷静的，并且给予了理性选择。

再如《在东川》《想起奶奶》，诗人没写景，却写了"象"，是心象。而这个心象所反映的貌似家史，实则折射的却是那个并未完全"退休"的年代。前辈们南征北战，浴血拼杀，其功其劳自在人心。有的牺牲了，成为光荣；活下来的，有的当了官，甚至大官，有的却抛弃了苦苦熬等的家乡老妻。而留在家乡的"她们"呢，虽未上战场冲锋杀敌，在家乡，于孤苦磨难中却养育了丈夫的儿女。看看诗人《想起奶奶》的一段话吧：

> 薛仁贵和王宝钏的传奇
> 在奶奶的心里都烂成了泥
> 在现实这个死鬼和向往这尊佛面前
> 她总是满足
> 喊过痛，但从来没说过苦
> 八十八岁那年
> 奶奶驾鹤西去

催人泪下、令人心灵震颤的诗情！

爱红的诗就是这样，看似不经意的一笔，却能在读者心里掀起一丛波澜。

赞同爱红这种诗写方式，真切，朴素，平和，不大惊小怪，不故作高深，读之却像清风拂面，思之又如溪流淙淙。以一种有形有声的诗意境界，呈现真善美，鞭笞假恶丑；同时又能示意路向，丰富人的心灵。

2016.5.1　北京

《世说漫议》魏积良

魏积良，对于大多数人来说，还是一个陌生的名字。因为，直到《世说漫议》一书出版之前，即使工作在魏积良周围的人，也都以为他只是个像其他一些政坛官员一样，肩负着一定责任，担当着一定职务的人——天津市北辰区政协主席。即便人们的褒奖对他再慷慨一些，也只能说，魏积良为人厚道，敬业尽责，有学养，善思索，是个好官。听说魏积良出书了，而且惊动了首都文坛的一些名流宿将，专程来天津为他举办《世说漫议》一书的研讨会，想参加者自是不少。因为，他们同许多人一样，很想听听北京的专家们对这本书名有些特别、语言古色古香的《世说漫议》是怎样论评的，也好提升自己的领悟水平。

那么《世说漫议》究竟是一部怎样的书呢？

中国人民大学原校长、中国伦理学会会长罗国杰先生是这部书的最早读者之一，因为是他为该书作的序，所以罗老的意见是具有权威性和代表性的。

罗先生说：魏积良十分关注社会的民风习俗和道德教化，并且详细地记述下数以百计的发生在不同地区、不同人群中的"故事"，并通过漫议形式，对这些故事从一人一事的具体情况出发，以犀利的笔锋，直言不讳地加以鞭笞和挞伐。以期弘扬正气，树立新风，激励上进，砥砺德行，贬斥腐败，涤除积弊，从而对公民起到道德和优良品性的修养之益。

罗老的评价中肯而精当。仅从该书的一些目录看，便知魏积良先生用心之良苦，积累之劳苦，思虑之辛苦。如《失悖集》，魏先生这样释解题义，"失者，失之养育之责；悖者，悖于教育之理"。这释义，言简意赅，一语中的。再看《堕网集》，魏先生引宋·林逋《省心录》中句："人有过失，己必知之；己有过失，岂不自知？明是非者检人，思忧患者检身。"在这一集里，魏先生以事告诫迷网者，以议规劝恶习者，苦口婆心，读后使人沉思再三。

魏积良先生身为一级官员，深明"酒、色、财"对人之误、之害、之诱。所以，他才以"儆酒""儆色""儆贪"为集，悉数其事、其敝、其恶、其丑，告诫人们"长夜酒能淹社稷"，"声色之害，甚于鸩毒"，"怀必贪，贪必谋人"等先人箴言警句反复告诫人们，要自我醒悟、觉悟。

在《世说漫议》研讨会上，诸位师长高屋建瓴，各有其说。有的视其价值可警世，有的谓其意义能醒人。听言的我深得教益，竟也情不自禁冒昧地来了一句：《世说漫议》说不定还能"传世"呢。因为，多少年之后，如果彼时彼年有人想知道中华民族历史上的这段变革时期曾经的世风社情，或许它就是一部很有见证意义、很有参考价值，伸手即可"拿来"的"现成品"呢。

2004.2.21

天南地北望君行

——李大军《行者笔记》序

大军姓李，家住北京朝阳区。主业生物制药，业余喜好文学创作，且已成绩不小。这不，一部以《行者笔记》为书名的散文集就要出版了。

大军要我为该书写序，几次打来电话，言语恳切，令我无法推却。这里需要向大军特别说明，起初我不愿写序，实是因为自己才学浅陋，水平有限，怕说不到点子上，写不好，担心因此而降低了书的品位，故不敢贸然应承。至于忙，的确有点，每天都超负荷工作，连我为自己制订的一日一文、一月一书的阅读计划都难以实现。好在大军要求不高，并允我谨作为书的读者之一，只是随便谈点个人感受。

从该书所选的文章看得出，大军喜好旅游，而且是在旅游前就做好了写作准备的。阅读着大军的散文，我仿佛看到了一个脚力十足的旅者，背着鼓鼓的行囊，正跋涉在大漠深处，或徜徉在静郊野外。昼与水为友，夜与山为伴；晨闻鸟儿啁啾，晚抚夕烟缭绕……一幅幅美丽的大自然画图，在心中、在眼里姿态万千地层层展现。就这样读着，想着，我的思绪一下子被大军的一篇文章拽回到了30多年前。

那时候我才20多岁，在空军高射炮兵部队的一个连队当指导员，正巧就驻守在大军去过的青海湖畔的一座高山顶上。

那座山海拔 4025 米，据说是世界上最高的一个高炮阵地。那里空气缺氧，荒无人烟，几个月都见不到一个老百姓。偶尔有上山来看望连队战士的领导，大都携带着氧气袋。连队的干部战士都很年轻，也很寂寞。有时他们想家了，就站在山的最高处，远远地望一望山那边直径仅几十公里的青海湖。

碧绿的青海湖水像一面镜子，它天天映照着战士整洁的军容；它又像夜间的一轮明月，时常闪烁在战士年轻的梦里。那时候我曾想，很多战士都曾经这样想：如果有一天我们能走近青海湖，哪怕只是撩几滴水花呢，也算是真真切切地见到了青海湖，总算没有白来这里一场。可是不行啊。那时正闹战备，我们是 24 小时全天候值班的战斗部队，首当其冲，首当其用，天天准备打仗。两眼一睁，战备到熄灯，两眼一闭，还要提高警惕。人人头脑里都有一根时时绷着的弦，没有上级作战指挥部门批准，谁都不能离开战备岗位。说来或许人们不相信，尽管战士们在那里驻守了两年多，而且离青海湖又近在咫尺，但能够双脚踏在青海湖边上，亲手掬一捧青海湖水尝尝，真真切切地看一眼、感受一下青海湖的，真的没有几人。大军要比当年的我们有福分了，不但脚踏实地地驻在了青海湖畔的沙地上，以清碧的湖水沐浴心情，而且还看到了那里大片大片、金黄得浩浩荡荡的油菜花，甚至金色的花瓣上那舞动着的一滴滴嘤嘤歌唱的小蜜蜂……

感谢大军！是大军那篇写青海湖的《黄与蓝的交响》了却了我 30 年前的心愿，饱了我的眼福，满足了我曾经的向往，同时也为我提供了一片遐想的天空。

大军在散文里没有去淋漓尽致地肆意渲染青海湖的形貌，而是集中在了它的"黄与蓝"的色彩上。这里，色彩不再是一种单纯的视觉形象，它让读者听到的还有湖水深处涌动的波澜，有色彩对撞发出的响亮，有发自心灵深处对祖国大好河山的歌吟……

同时也告诉读者在那个特殊年代里，一批在青海湖碧波深处为我国国防事业曾经默默奉献过的水兵。当然，大军并不知道除了那水下的"鱼雷试验兵"之外，在它附近的高山顶上还曾驻守过眼望青海湖、寄情青海湖的一拨山头高炮部队呢。

感谢大军！是你的散文勾起了我的陈年记忆。我曾想，如果有一天自己能够清闲下来，一定要再去一次青海，而且一定要零距离地接触青海湖，或荡舟或戏水，看看还能否找回那曾经的旧梦。

细读大军的散文，不仅能读出营造的形象美、意境美，还能读出一颗在文学之路上不甘寂寞、时时蓬勃着的心，以及由这心所承载着的一种对事业的憧憬、执着和不懈的追求。

从年龄段看，大军这一代应是"出生就挨饿，上学就停课，毕业就下乡，回城就待业"的那一拨。这一代人，历史曾经给了他们太多的不公，同时现实又让他们承载了太多的艰辛。尽管这样，也未能泯灭他们对实现人生价值的努力追求。他们在没有围墙的大学里自学成材；他们在文化宫里寻找文学之梦；他们为同伴的成功欢呼，他们为自己的成长鼓劲；直至他们不放过任何一种为生命增值的点点滴滴；甚至以挣扎式的奋斗，以号痛般的呐喊，向世人充分地展现内心世界的万紫千红。大军似乎就是这样一个不知疲倦的探求者。如早先写的小说《冷漠·诱惑》《下岗风波》等，无不因有着深刻的时代烙印而撞击着读者的心灵。收在本散文集里的《云南纪行》《高原印象》和《海南掠影》三辑，就是大军在2001年至2006年期间，凭着一颗火热的心——热爱生活、热心文学、热切追求、热望未来……而进行的一种生命之旅、文学之旅、灵魂之旅。从《黄与蓝的交响》《虎跳峡》《深山里的明珠——巴综措》《青藏线上的风景》，以及《风情万种民族园》和《寻梦的地方——天涯海角》等诸多优美的散文篇什中，相信读者所看到的绝不只是行者的屐痕或历史文化地域风情，那些隐匿在文字背后的山山水水，随时都可能蹦跳而出。说不定，不知道在什么地方，就会一下子把人的眼睛弄亮，把人的鼻子弄酸，把人的心灵触痛。

"我是一只晚飞的笨鸟，我的心对着希望歌唱。"这是30年前我在文学的小路上蹒跚学步时写下的两句自勉诗，不妨把它粘贴过来，与大军共勉。

噢，有一点还没有告诉大家呢。最初编发李大军寄给副刊的稿件时，看名字，看文章风格，开始我一直以为大军是一位男同志，后来听电话里的声音时，这个"误判"才得以纠正。她说见过我一面，可我怎么也忆不起她的模样。这是实话。这样说，大军你不会见怪吧。

感谢大军！是你的散文引领着我天南地北地行走了一遭，并且走得轻松愉快，心情特好。

祝贺大军！愿《行者笔记》这只展翅的雏鹰，带你飞向一片更加辽阔而美好的天地。

乡情热土心相知

我与陕西作家苏盛柱(笔名一戈)是山东肥城同乡,诗熟,文熟,电话里的声音更熟,可就是没能晤面。他来北京,曾专程到报社,不巧我出差在外,没得识面;我曾去过他所供职的企业,当时叫陕西耀县水泥厂,结果他也外出,没能相见。直到现在,多年过去了,这"未能相见"的遗憾依然还伫留在彼此心中。好在我们是文友,文友是以文相识相知的。前不久盛柱寄来他即将付梓的诗文集《母亲河》校样,要我"百忙中一定看看,抽空写个序"。

盛柱兄长我几岁,为诗、为文都比我要早、要好,却要我来作序,写什么,怎么写?一时的确难为了我。盛柱兄又来电话:随便写,怎么写都行。无疑,这是朋友的一种信任和宽容,再推辞便是不恭了。

是的,每当我听着盛柱兄电话里一次次亲切的声音,读着他一封封热情的来信,品着他一篇篇美文新作,眼前时常浮现出这样一种印象:苏盛柱,他热爱生活,他勤奋刻苦,他灵秀博杂……此感觉,通过这潺潺流淌的《母亲河》更加印证了其判断的准确。

盛柱为高级政工师,却时时追寻文学的脚步,而且已在全国不少报刊发表了大量作品,并先后出版了《闪光的历程》《一戈文集》(三卷)、《青春,在相对论里延长》《跨上API的顶峰》《法律怎能苍白无力》等多部著作。而《母亲河》所收入的则是他近几年的新作。

从文体看，《母亲河》主要分两个部分，前一部分为散文，后一部分为诗歌。我比较喜欢的还是他的散文。因为，从这些散文里我读出了一位歌者为时代、为真善美、为最底层的人民群众而喜而忧、而时刻跳动着的那颗心。从《不忘那艰苦的年代》《海边，那棵老榆树》《妈妈，永远的呼唤》以及《旱塬水窖》等作品中，则很清楚地就看到了在苏盛柱生命深处时时闪耀的辉光。特别值得一提的是《旱塬水窖》一文，它不仅使读者知道了西北高原上人们艰苦而快乐的生活，而且更使读者的心灵受到了震撼：那里的水珍贵如油，短缺如金。但西北人对客人却大方得令人感叹，"就是遇上大旱百天没下雨，水窖里的水哪怕很少"，也要端一盆清水出来。让客人"洗洗脸，擦擦汗"。就这样，"从天上收进的窖水，养育着英俊而彪悍的汉子，也养育着水灵灵白嫩嫩的女子"。"这是高吼的秦腔谁听了谁都振奋，这是热烈的情歌谁听了谁都醉倒。因为窖水盛满着浓烈的醉香，盛满着希望的玉液，盛满着西北人的豪放"和美好的心灵。

读盛柱的《母亲河》，还能使人获得不少地域知识教益。从《情赋宝鉴山》《喝茶品茶及文化》《世界之最——倒流壶》《药王山有段音乐路》《耀州窑，唐三彩的故乡》等一系列佳文妙章中，人们看到的不仅是一个博学多才的盛柱，而且还看到了一位关注生活、勤于写作，所到之处无不留下"脚印"的盛柱。他去大连，去青岛，去本溪，来北京，所经所历，是苦是甜，在很多人来说，也许只是一叹而过，而盛柱却用他多思善感的笔触一一作了艺术的整理和思想的开掘。

苏盛柱工作在企业，生活在职工群众之中，这状况既能使他的创作拥有丰富的泉源，但也往往会使一个作家因习以为常而熟视无睹，产生不了创作的灵感和激情。而在《风光点点入镜来》

《花妍果硕香满园》《矢志不渝的选择》《矿山父子兵》《女人撑起的一片蓝天》等作品中，我们看到的苏盛柱是一位热爱企业、忠于职守，心里装着普通人以及努力为他们"树碑立传"的不知疲倦的歌者。

苏盛柱在散文《槐花蜜》中说：人们品尝着蜜蜂酿出的甘甜醇时，其实更应该感谢的是那些追寻花期的放蜂人。"正是他们追着花期赶着蜂儿，不停地走不停地追，以甜美的蜂蜜来丰富和营养人们的生活。"读到这里，叫人如何不想到，苏盛柱不也正如那些追着花期、催着蜜蜂、在辛辛苦苦为人间酿造香甜的人吗？

心灵徜徉山水间

——张庆安《行者屐痕》赏读

好友张庆安的新著《行者屐痕》出版了,可喜可贺。

这是一部集诗歌、散文、摄影、通讯于一体的综合性文著,所涉猎的事件多,时间跨度长,堪称作者人生历练和心路历程的心灵史,读之亲切、自然,感同身受,给人留下美好印记。

庆安年轻时就爱好文学,诗歌则是他走进文学之门的第一步。庆安曾经有段当兵的经历,在山西。他是从部队的一名战士开始,就以诗诉说自己的情愫了:歌如潮,旗似火,/汾河两岸闹春播。/军民齐心学大寨,/吕梁太行响战歌//马达吼,车飞梭,/万耧争唱"过江"歌。/协力建设现代化/劳动号子壮山河。(《山西农民》1977 年 9 月 23 日)这是昨天的诗,是庆安早期的作品之一,它属于那个年代、那个时代。即便以现在的眼光去考量它,其内含的积极意义、欢快的劳动场景也是能被认可的。据我所知,在编选《行者屐痕》一书时,庆安曾几番考虑是否拿掉这类早年诗文,后经反复斟酌,为尊重那个年代的产物,也为让读者了解自己的写作历程,还是保留了一部分下来。庆安同时期写作和发表的军旅诗歌还有不少,如《查铺》(《宁夏文艺》1977 年第 8 期)、《喜讯到军营》(《山西日报》1977 年 9 月 23 日)、《千里寄深情》(《山西文艺》1977 年第 3 期)、《慰问》(《战友报》)、组诗《野营路上》等。这些诗真诚、朴实,比之如今那些东行西走走马看花浮光掠影的应付之作,其生活味不知要浓上几倍。应当说,那时候庆安能写出这样的诗,而且发表的数量也很可观,已经很有成绩了。如果不是被后来行政工作的琐事羁绊纠缠,照此写作下去,说不定他现在已经很"著名"了呢。

庆安军旅生涯十几年,从军机关副营职的位置上转业地方后,用他自己的话说,凭着发表的那些零星作品,地方组织很看重他,让他去了很难进入的省直机关,在省计生委拥有了一份文案工作。新的岗位,新的环境,对于工作一向兢兢业业、认真负责的庆安来说,适应岗位,努力工作就成为他当时的第一心旨。因此,文学创作也就一时无法顾及太多了,即使写也是偶尔为之。然而,就是这偶尔"为之"的累积,也让庆安拿出了对得起他的读者的作品。

有人说,文学作品是世态与心态的化合。它要从现实生活中来,再到现实生活中去接受检验,要看读者是否买账,是否喜欢,这应是一条潜规则。庆安的一些诗就做到了。

前不久,我去安徽一个县的基层调研时,发现庆安发表的一首叫作《调查员之歌——人口计生检查纪行》的组诗就颇受大家的喜爱和欢迎。乡镇计生办的同志说这首诗说的是真话、实话,说出了大家平时瞒在心里,含在嘴里,却不敢说、不能说的话。有人甚至说,但愿上边以及那些不身入或身入不心入、爱蜻蜓点水的人们,也能从这首诗里悟出些什么。这是来自基层、来自群众对一首诗的素朴而真实的评价。这评价无人操控,无人点拨,是发自心里的声音,很珍贵。

庆安还有一首叫作《留守》的诗,真是应了"春江水暖鸭先知"那句古语。诗写的是爸爸妈妈都外出打工去了,而那些留在家里年幼的孩子他们的生活状况、心理状态,究竟是个什么样子。谁知谁问谁管?小小的孩子,大大的问题,早就在庆安的心里翻腾了。

庆安说，关于留守儿童的问题，作为一个老计生人，他关切已久，思虑已久，这首诗也酝酿已久、写作已久，所以一经发表便引来关注。这样的诗情，是我们这些生活在大城市、衣食无忧的诗人们难以发现和难以感受得到的。

庆安是个满怀诗意的人，身虽官位，心灵纯净。揣着这样的一颗心或出发或远行，看山山美，看水水亲，直至一棵草、一朵花，在他心里都会生成别香异彩。所以，行走间他才常常时而为翩飞的蜂蝶注目，时而对一片绿叶凝神，一景一物对他都是诱惑。因而，只要是外出，他的相机就不会离身。据说，几十年下来，祖国的千山万水在他的镜头里已经装进了十几万幅影像。这是一个令人钦羡的数字，是徜徉山水、寄托心灵的人向他所热爱的生活交出的一份合格的答卷，它也将在那些和庆安一样热爱生活的人们的心中珍存。

庆安精力充沛，思想活跃，对生活时时处处都满怀兴致，是个不肯闲下来的人。每每到达一个新地方，他除了要留下影像，还记日记。他说，自己几乎每次外出回来都要留下一些文字，哪怕只言片语，彼时彼刻的有些感觉，甚至感动，一时无暇成文，只能先记个日记，等将来退休清闲下来了，或诗或文再行追忆吧。

即便如此，庆安还是有不少作品面世，有些写的还很不错。比如收在书中的《小草》《老抗战》《凡事感激心自宽》《梦幻五月》《嗜书的烦恼》《纳凉》等。这些或散文或随笔的文字，无论记事还是抒情，都有实实在在的生活体验，都有浓厚的生活气息，是一个行走着、思虑着、歌唱着，与山水共芬芳，与大地同呼吸，一种美好心灵的外化。

人们通常说，文学各门类之间是相通的，其实文学与文字之间又何尝不是如此？具有一定文学修养的庆安，他不仅心灵纯净，尚善向美，体现在他的其他文体，比如总结、讲话之类，文稿也便具有了较强的审美价值。这里，不妨让我们摘录一段他在《美

丽计生人　传扬正能量》讲话中的一段，以窥其全豹：

"梦在前方，路在脚下。三十多年风雨，三十多年征程，三十多年的默默奉献，换来了金灿灿的收成。人口国策张扬的一面面旗帜，渲染着皖山皖水的春光秋色；计划生育的累累硕果，点缀出江淮大地的柳绿花红。一代代计生人的劳作耕耘，成就出一个又一个感人肺腑的故事，镶嵌出一个又一个晶莹璀璨的名字……"

本是一篇普通的总结报告，由于他适度调动了一些文学修辞手法，犹如草地萌出花朵，绿荫飞出鸟鸣，文采激扬，优美生动，使其感染力大大增强。这样的报告，听者爱听，践者愿行，往往会收到意想不到的效果。

已经具有了一定文学修养和文学成就的庆安，在自己认定的文学之路上，相信他会不断地攀登，走向高处，走向理想的未来。

徐拓　心灵深处有扇窗

徐拓，从少年起，心里就揣着一个文学梦。那梦晶莹晶莹的亮，宛若闪耀在天宇的星星，让他仰望，让他追求，让他在诗歌的道路上寻寻觅觅几十年，一直走到了今天，走出了人生路上的一片风景。

人们说，无论做人还是作诗，徐拓都很真诚，很令人敬佩。正如他在《诗的独白》里所言，"把爱情与烦恼，欢乐与忧伤／连同我的追求与梦想／蘸着月色和星光／在无数个失眠的夜晚，破译／并且，排列成行／如果你在偶然的日子／无意中读到这些句子／朋友，请千万记住／这不是诗／是我心中的血，在悄悄流淌"。

读着这样的诗句，我仿佛看到了苦行苦吟的徐拓，在静寂的暗夜里，正被诗情的火焰烧灼着。同时，他的灵魂也被煎熬着，思虑被冶炼着……便成金，便成银，便提炼出了一粒粒晶莹剔透的诗句，在高处闪烁。所以诗人才说"这不是诗／是我心中的血，在悄悄流淌"。

品味一首好诗，会使人感动；品读诗人的写作过程，会使人感叹。从徐拓整部诗集里，似这种能够使人感动、感叹的诗，可随手拈来。

诗是瞭望诗人心灵的窗口。透过诗的窗口，我们可以看到诗人驿动的情怀和善良的心影。从徐拓的诗里,我们不但能读出他"你是光/与你在一起/即使心中有黑暗也会被你照亮"对诗歌的热爱;而且还能读出他"一生就这么一次""大千世界,只留下一道身影/可你却从不在意/别人是否知道,你的芳名"、"我没有死,没有/我只是在沉默里等待/等待,地壳演变中/那不寻常的瞬间"积极的人生态度。

以物喻人,借物抒怀,也是徐拓诗歌的一大特色,而且在本诗集中占了一定篇幅。

徐拓诗思敏捷,诗的取材广,范围大。诗人仿佛随身携带着一部诗的收割机,随时随地都在收获诗情。从人到物,家里家外,远远近近,所到之处无不留下了他诗的脚印。

徐拓心里有激情澎湃的大爱、真爱。他说《虹是一个美丽的名字》,睹物思人,《想你的时候》《你来了》;在"细雨的日子,记忆/也被淋湿了/湿淋淋的记忆/发出嫩芽儿/于是,我想起/一个同样细雨的日子/小巷深处走来的/那打着伞的美丽少女/和她用眼睛/对我说的话"。纯真的少男少女,一闪而逝的心灵火花,被尘封在了岁月的深处。心净诗醇,读之令人回味,心中仿佛也被植入一颗爱的种子。

当然,如果以挑剔的眼光审视徐拓诗集中的作品,尚有个别不尽如人意之处:有字句尚需锤炼,有诗语稍显拖沓,也有的诗,如果在构思上再考究一下,或许会进一步增强诗的艺术感和可读性。

有人说,诗人要拥有自己的创作资源。我以为,这资源不仅仅是经历,是山水,是人世,而最主要的则存匿于自己的心灵。因为,心灵是一片土地,是根的家,是种子放飞梦想、期待和向往的庄园;是一笔人生独有的财富,他人无法占有。追溯古往今来的诗仙文圣们,一个个无不是因了忠实于自己的心灵而彪炳千秋。

诗歌的魅力,强大;诗歌的使命,神圣。徐拓正值旺年,在诗的道路上还有很长的路可走。相信他在今后的诗歌艺术实践中，会继续遵循如他在《梦》里所描述的那样，"曾经，把对你的渴盼，悄悄地/埋藏在我年轻的心中/为了寻觅你/美丽的身影，我历尽风雨，遍踏泥泞"。诗神缪斯的心是善良而美好的，她不会拒绝任何一个痴心追求者。徐拓当如是。

一个寻梦女孩的美妙吟唱

——万玫诗集《寂寞清秋》序

我认同这样一种说法：诗人写诗的过程，就是一个不断地寻觅美、追求美的过程；就是要把属于诗人自己发现的美呈现于世，让人们去品味，去甄别，去鉴赏，去和读者一起共同完成一次塑造美的过程。青年女诗人万玫的诗可以说具备了这样的要素。这是我通读了她即将付梓的诗集《寂寞清秋》之后的感觉，并且相信其他读者也会认可这种看法。

读万玫的诗比认识她本人要早。那时候她和丈夫刚来北京不久，属于寻觅、闯荡、试图找一片天地立足的"北漂"一族。他们夫妻二人都颇有才气，都很善良，都很能干，也都很低调，一路坎坎坷坷走来，没少吃苦受累。最后他们选择了"文化"作为人生追求、开拓事业的起点。当然，劳累之余他们都没有忘记实现各自梦想的努力，正如万玫在《我将和你结缘——献给诗歌》一诗中所言，"……我深深记住了你的名字／这么久以来／就这么固执地／占领着我的心地／厚着脸皮不肯离去"，并"深信／某年某月的一天／我将和你结缘"。在诗的道路上，万玫已寻觅了多年，追求了多年，今天终于有了回报：她从自己多年创作、发表的数百首诗歌中精选出近百首佳作，奉献给读者。

说万玫的诗美，美在哪？

读万玫的诗，会有一种说不清道不明的诗意美不时地来光顾你的心情，让你回味，让你咀嚼，让你在情不自禁中为某一首、某一句甚至某一字而称妙。如"午夜的玫瑰/凸现在生命的枝头/静静绽放//含苞待放的花蕾/在沉寂中/默默酝酿 凝露的花瓣/在寒意的侵袭中兀自芬芳//抖落昨日风尘/窥探夜的眼睛/装满箩筐的心事/在与夜比长/她那/烈火燃烧的狂热/迎接崭新的黎明/托举自己心中的太阳"（《午夜的玫瑰》），把诗的意境美、含蓄美都蕴蓄其中了，甚至会使人陪着诗人一起失眠，一起思索，一起感叹命运，一起崇拜心灵。像这样的诗句随手都可拈来。再如"一股蠕动的欲望/在春的催促下/迫不及待地打点轻装/还没起步/思绪早已抵达远方"（《挥不去的乡愁》）；"生命的四季/正如飘零的枫叶/曾傲立枝头的灿然/收敛着嘴角最后一丝微笑……"（《寂寞清秋》）；"只有那口古老的钟/像一位披着蓑衣的老人/以梦想作诱饵/垂钓希望"（《情结》）等。诗意虽有些忧郁、感伤，但忧伤中透出的却是纯净美好的心灵。特别是"迫不及待地打点轻装"的"轻"字，就用得非常精妙、到位。从这一字里，读者至少可以看出这样两种情境：一是作者思念家乡、轻装简行急切回家的心情；二是也反衬出作者生活拮据，并没有多余的金钱购买更多的物品，以满足家乡人的期待。初读此句我曾设问：为什么不用"行装"呢？再读方悟，原来奥秘在这里呢。所以说，万玫的诗由于含蓄，而必须咀嚼品味才能真正看懂，她的诗美也就在这其中了。

万玫的诗除了含蓄还有一种画面美、韵律美和语言的美也不断地来触动人的感官。它们或把你的眼睛弄亮，或把你的耳朵弄响，或把你的心灵扯痛，让你的视觉、听觉、甚至嗅觉、味觉一起行动，迫你实现对某一首诗的审美。请看这些文字："月亮睡进云层/万物似在沉睡/星星也不想熬夜"（《梦，在夜里醒着》）；"……在无数个躁动的日子里，我透过薄如蝉翼的夜晚……为你盛开一世的芬芳。豆蔻年华的我,是一个不知疲倦的歌者"(《爱的回眸》);"柳絮儿轻轻跳上睫毛,任凭思绪舞蹈。鸟儿衔来了一束蓝色的梦,偷啄着一粒粒古典的阳光,谁的心事开成了桃花?枝头那抹淡淡的红晕,令人心颤。谁的情丝生动得像一幅水墨画,泼上了重彩?"(《谁点亮了我心上的春天》)似这样画面美、韵律美、语言美,又互相交织着、融汇着的句段,随意采撷一枝,都可嗅到香气。

在《寂寞清秋》这部诗集中,万玫除了写人生写命运写心灵的诗,爱情诗也占了一定的数量。这些诗,无论写少女怀春还是写伤离别苦,那期待、思念、一种燃烧的渴望,诗的凄美都跃然纸上。"一场太阳雨／不小心淋湿了／少女的心事／饱含苦涩心事的丁香／在雨后的午夜／悄悄绽放"(《渐落的心事》);"我的影子却在／不断地和你的影子撕咬／目光也在与你的目光僵持／／踩着起伏的节拍／按捺不住的两颗心／跃动在灯光深处"(《聚会》);"与旧梦作别／跳上枝头／抖落心事／花瓣般的往事／洒落一地"(《邂逅在最初相遇的地方》);"山冈浅浅的月牙／瘦弯了相思／山谷流淌出的清泉／载不动我似水的情怀"(《故乡的月光》);"用沉睡千年的眼睛／打开一片远古的时光／从此天与地结缘／水与山联姻／我也就在／你幽幽暗暗的眸子里／鲜活出尘的美丽"(《浪漫红尘》);"夜晚淡淡的哀愁中／我为你缓缓拉起了／一帘相思雨／季节高高的寒袖里／又为你徐徐吹起了／一笛相思风／／倘若今生找寻你的路／没有尽头／那么就让寂寞的红颜／在相思风雨中／为你守候"(《相思风雨中》)……从这些诗里,读者既看到了诗人对爱的渴望、追求,也看到了对爱的忠贞不渝。所以,尽管他们的生活并不宽裕,而且还租住着别人家的房子,但他们夫妻风雨同舟,生活有滋有味,小两口的日子很安静很甜美,以至让很多街坊邻居羡慕。

回想自己,也是一个从少年时代就揣着文学梦四处乱撞的人,由于"十年动乱"的干扰,像万玫这个年龄时我在文学的小路上才刚刚蹒跚学步,而她却已经取得了如此的成绩,真的很羡慕她。借草成这篇小序之际,也为万玫送上我深深的祝贺!并祈愿她以此为开端,以她善感的情怀和灵秀的诗笔,在诗的道路上不断寻觅,不断追求,一直走向开阔和辽远。或许用不了太久,她就会站在一个理想的高度,去接受鲜花和掌声了。

图书在版编目（ＣＩＰ）数据

记忆不敢褪色 / 张庆和著. -- 武汉：长江文艺出版社，2018.5
ISBN 978-7-5702-0176-1

Ⅰ. ①记… Ⅱ. ①张… Ⅲ. ①散文集－中国－当代 Ⅳ. ①I267

中国版本图书馆CIP数据核字(2018)第 010276 号

责任编辑：沉　河　胡　璇　　　　责任校对：陈　琪
装帧设计：大卫书装　　　　　　　　责任印制：邱　莉　王光兴

出版：长江出版传媒　长江文艺出版社

地址：武汉市雄楚大街 268 号　　　邮编：430070
发行：长江文艺出版社
电话：027—87679360
http://www.cjlap.com
印刷：三河市宏顺兴印刷有限公司

开本：640 毫米×970 毫米　　1/16　　印张：14.25　　插页：2 页
版次：2018 年 5 月第 1 版　　　　　2018 年 5 月第 1 次印刷
字数：157 千字

定价：36.80 元

版权所有，盗版必究（举报电话：027—87679308　　87679310）
（图书出现印装问题，本社负责调换）